苗雨时◎著

河北当代诗品百家

Hebei Dangdai Shipin Baijia

河北出版传媒集团
花山文艺出版社
河北·石家庄

图书在版编目（CIP）数据

河北当代诗品百家／苗雨时著. —石家庄：花山文艺出版社，2022.1

ISBN 978-7-5511-5968-5

Ⅰ.①河… Ⅱ.①苗… Ⅲ.①诗歌评论－中国－当代－文集 Ⅳ.①I207.22-53

中国版本图书馆CIP数据核字(2021)第130151号

书　　名：河北当代诗品百家
　　　　　Hebei Dangdai Shipin Baijia
著　　者：苗雨时

责任编辑：李倩迪
责任校对：李　伟
装帧设计：王爱芹
美术编辑：胡彤亮
出版发行：花山文艺出版社（邮政编码：050061）
　　　　　（河北省石家庄市友谊北大街330号）
销售热线：0311-88643221
传　　真：0311-88643234
印　　刷：石家庄众旺彩印有限公司
经　　销：新华书店
开　　本：700毫米×1000毫米　1/16
印　　张：32.5
字　　数：300千字
版　　次：2022年1月第1版
　　　　　2022年1月第1次印刷
书　　号：ISBN 978-7-5511-5968-5
定　　价：79.00元

诗歌的舞者

——序苗雨时《河北当代诗品百家》

□ 邢建昌

我与苗雨时老师相识于河北省写作学会1986年昌黎学术年会上。那时的苗老师不到50岁，白皙的脸上架着一副厚厚的眼镜，乌黑的长发还带着自然的波浪。他面容和善，笑而露齿。与之交谈，有一种如沐春风的感觉。他的大会发言是会议上下热议的焦点，此时的苗老师言辞犀利、智慧闪烁，有一种不容争辩、舍我其谁的气势，青年学者为之倾倒迷恋。因为写作学会的缘故，我与苗老师多有交往。

2011年10月，我出版了一本《文艺美学的现代性建构》送苗老师指正，苗老师很快为这本书写了书评。冥冥之中似乎有一种巧合，因为我和苗老师不约而同地使用“现代性诉求”来描述20世纪20年代以来文学艺术以及理论批评的精神追求与价值取向。我读苗老师的诗学批评文章，以为“现代性”是他诗歌评论的一个关键词，读懂了“现代性”，也就读懂了苗老师的诗歌评论，这种巧合使我们之间建立起了某种精神性的联系。

1998年7月，河北省写作学会在秦皇岛召开学术年会，我因为忙于博士论文的写作没有参加会议，只是提交了一篇题为《对中国后现代主义文本的一种读解》的论文。那时，我刚刚步入学术殿堂，虽说学习还算努力，但毕竟资质愚钝，学有余，思不足，常常陷入引经据典、食洋不化的境地。令人感动的是，苗老师在会上为我宣读了这篇佶屈聱牙的文章，这不仅仅是提携、厚爱，更是殷殷的期望。这件事苗老师可能已经记不起来了，我却存诸心间，不曾忘怀。每每想起，油然而生暖意，顿觉春风和煦，人生美好。

在我的心中，苗老师是一位仁厚的长者，更是一位诗歌的舞者。他几十年如一日，如蜜蜂采蜜，如黄牛耕耘，孜孜以求，从不懈怠。越是到了晚年，越是厚积薄发，不可遏制，产出量达到了令人惊叹的程度。他的生命状态一如他的文字，澎湃、激越，张扬而有分寸，感性而有逻辑，豪放与忧伤共舞，细腻与率真同在。他不摆架子，不以年长者自居，不随着年龄的增长而将疲惫和沧桑写在脸上。这些年来，苗老师虽然不像过去那样豪饮，但也能轻啜几口，这是师徒、朋友间最开心的时刻。这是一种带有美学意味的人际关系，因为没有功利的计较，没有俗世的关怀，一切顺应自然，兴之所至，将心比心，美美与共。我去廊坊参加苗老师组织的学术活动，总有一种精神升华的感觉，能找到久违的感动，能寻回被尘垢掩埋的初心，还能找到继续前行的动力。特别是2017年10月在廊坊召开的陈超诗学研讨会，于我是刻骨铭心的记忆。年近八秩的苗老师为一位英年早逝的评论家召开诗学研讨会，其意义早已超出了那种单纯朋友间的纪念，那是一个有着高贵品质的诗性灵魂与另外一个同样有着高贵品质的诗性灵魂的隔空对话，是精神与精神之间的相互致意和礼赞。苗老师无疑是懂陈超的。由此，我们可以领悟苗老师生命气象的伟岸：他是在用生命高高托举起他所热爱的诗歌和诗歌评论事业，他所有的文本都在诠释诗歌如何可能，他所有的行动都在捍卫诗歌的纯粹和高贵。读诗、写诗、评诗于他绝不是外在的手段，而是深入灵魂的生命活动本身。

从20世纪70年代撰写诗评开始，苗老师在诗坛已经耕耘了四十多个春秋，这期间出现过两个高峰：一个是20世纪80年代，他以独特的风姿参与到诗的解放和现代性诉求的洪流之中。抗议人性的异化，呼唤超越的精神，凝望自由的星空，为朦胧诗点赞，为现代诗鼓吹，为诗歌个人经验的书写鸣锣开道，是这一时期他诗歌评论的主调。那时的他一点儿都不孤单，因为他是出现在20世纪80年代思想解放运动的历史语境中的。他的背后不是一个、几个人，而是一个民族的、大写的人的站立。20世纪80年代末期，他参加了中国社会科学院文学所举办的高级研讨班，研讨班上关于文学主体性的讨论，他是活跃的参与者、推动者，以高昂的基调肯定了主体性文学观的历史性贡献。以这次主体性问题的讨论为契机，他写下了大量体现鲜明个人探索意味的诗学评论文章，对先锋诗人和探索性诗歌给予了最大限度的庄严礼赞和审美致敬。这一时期他评诗的美学标准可以概括为：把诗当诗。诗不是社会生活的被动反映，诗是诗人以诗人之眼对社会、对人生的打量，是对存在的追问和对人性的勘察，是切己的生命体验和诉说。审美是诗歌的本体，更是评论家打开诗歌文本的眼睛和通道。评诗者要带着同情之心走进诗歌语言的迷宫，由意象而形式，由形式而意蕴，由意蕴而思想，这是一个“披文入情，沿波讨源”的过程，也可以说是从文本中来，到文化中去。第二个高峰出现在他退休以后的十多年里。苗老师进入了一个但求耕耘、不问收获，从心所欲不逾矩的境界。活跃的思考、自由的探索、勤奋的写作构成了他这一时期生命存在的最好说明。以2015年10月雨时诗歌工作室的成立为契机，短短几年时间里，他就在喧嚣的尘世里为诗界同仁营造了一个澡雪精神、同气相求的世界。单是开过的研讨会就有北岛诗歌创作研讨会、林莽诗歌创作研讨会、河北女诗人研讨会、陈超诗学研讨会等。2020年疫情期间，许多人沉湎于无所事事打发时光之中，苗老师却迎来了创作和评论的双丰收，创作了《雨时诗集》和《河北当代诗品百家》。

由此我想到了一个人的学术生命问题。有些人学术生命很短，他们开始因文章活跃于文坛，但很快江郎才尽，昙花一现；有些人退休之前尚写些文章做些研究，以图晋升职称或获得荣誉，一旦退休，便“金盆洗手”，再与文坛无缘。前者可能与人的才情、禀赋等主体条件储备不足有关，后者则陷入到了世俗化、功利化的泥淖之中。他们把学术当成了谋生的手段、生存的工具，学术于他是外在的，从不曾进入他的生命世界，为体制内的名利所累而无有探索的热情。于是，一旦退休，学术生命也就戛然而止。真正意义上的学术研究是基于热爱的，基于探究精神的，这两点缺一不可。陈超有一本名为《热爱，是的》

的诗集，我很喜欢诗集名称所流露出来的对于诗歌的斩钉截铁、毫不含糊的态度。学术研究同样可以用这句话来表达：热爱，是的。热爱是写作的动力源，没有热爱，也就不会有写作。创作是这样，理论研究、诗歌评论也是这样。苗老师显然是基于热爱而产生的书写行为，写作与苗老师是相互成全的。我们不敢想象，离开了写作，对退休之后的苗老师意味着什么？反过来，如果生存不再是书写的过程，那么这种生存的意义从何谈起？苗老师的写作，是真正意义上的自我生命的确证。法国哲学家笛卡尔有“我思故我在”，苗老师则是“我写故我在”。他的诗歌评论不陈旧，不僵化，不拖泥带水，不无病呻吟，有的是激情、文采，绵密的理论运思与丰沛的感情投入相得益彰。依然在探索，依然在超越，依然在路上，没有彷徨，无所畏惧，没有止息。这是一种怎样的精神、怎样的意志和怎样的生命状态呢？2019年，85岁的王蒙在接受记者采访时说：“一写小说，我每个细胞都在跳跃，每根神经都在抖擞。”我觉得这是艺术家生命力的最好说明。一个耄耋老人还有能力让生命的细胞和神经活跃起来，他的主体意志一定是强大的。我想，苗老师就是这样的人。

苗老师的诗歌评论是建立在专业的、扎实的、细腻的文本细读的基础上的。新批评认为，评诗不是一个感受的过程，这里，与其说是“感受过程”，不如说是“感受谬误”。评诗是把诗歌的“文学性”即构成诗歌内在因素的肌质、张力、反讽、隐喻、陌生化等揭示出来，这就需要评诗者对诗歌的“技巧”有特殊的心领神会。苗老师对诗歌的细读能力，与他的天分有关，也与他的海量阅读有关。他对诗歌的理解与审美性的把握，都是建立在长期的海量的诗歌阅读所形成的判断基础上的，这就决定了他的诗歌评论不是凌空蹈虚的放言，不是背对现实的自说自话，而是具有鲜明的指向性、在地性，是从涌动的诗歌浪潮和鲜活的诗歌文本中激发起来的。不是从理论到文本，而是从文本到理论，再从理论出发进入文本，由此形成的诗歌评论，既有理论的升腾力量，又有诗歌的文学意味，是诗与思的对话，是诗歌的评论又不是诗歌的评论，因此可以作为美文来阅读。

意大利哲学家阿甘本在他的哲学著作里曾经讨论过“同时代的人”的问题。他认为“同时代的人”属于时代，但又注定与时代保持着复杂纠结的关系，他能敏锐感受时代之痛并将这种痛转化为书写的力量。他异常敏锐地意识到黑暗之永恒，却又顽强地在黑暗中捕捉注定错过的光亮，有能力为当下注入古老的记忆和标志。毫无疑问，苗老师是属于“同时代的人”的。他是带着传统进入现实、走向未来的，这个传统并不是僵化的、凝固的、过去的东西。德国哲学家黑格尔说过，传统就像一条河流，离开它的源头越远，它就会膨胀得越厉害。苗老师的诗学评论的传统是中国古典诗词以意象为核心的美学话语，是新诗百年发展过程中形成的自由主义、人文主义话语，也是西方文艺复兴以来古典人道主义话语以及现代性话语，这几方面的传统构成了他诗歌评论的“支援意识”。这种“支援意识”使他能够站在时代的高度，以“理想性的尺度”审视当下，为诗坛注入可能性、陌生性、异质性的成分，成为一个有思想、有底气、有标准的诗歌评论家。

诗品是诗歌评论当中最难驾驭的一种艺术形式。诗品首先要求形式短小，内容精湛。犹如盆景，讲究小巧、精致、传神，容不得半点儿枯枝败叶。写好诗品，一是要有海量的阅读做基础，所谓“操千曲而后晓声，观千剑而后识器”是也；二是要有艺术理论的修养，能够提供诗歌品评所以如此的理由；三是要有敏锐的判断，诗人出场的位次，文字书写的篇幅，以及入品的等级等，都关乎判断，显示出品诗者独到的眼光、胸怀和尺度。诗品虽是品诗，看似在为诗人划定格次，但要旨在于一种诗风、一种美学理想的提倡，隐含一种美学原则的崛起。如钟嵘《诗品》青睐“自然英旨”，《二十四诗品》呼唤“味外之味”“象外之象”，谢赫《古画品录》“六法”之内首推“气韵生动”，唐朱景玄《唐朝名画录》在神、妙、能之外加一“逸”品，旨在强调“得之自然，笔简形具”的道家精神。苗老师这部《河北当代诗品百家》洋洋洒洒涉及河北诗人一百余位，作者不以上、中、下三品论座次，显示出作者广约博取的包容姿态，也体现了作者对诗歌差异性和丰富性的尊重意识。从作者生平、诗意内涵、艺术修辞、话语风格入手，力求把诗人诗作的美学风格和话语方式勾勒出来，进而达到对每一位诗人独特性的精准、独到、直逼本真的把握。相信每一位阅读这部著作的人，都会感叹评论家对诗和诗人的敏锐识见。

苗老师对河北诗坛无疑是倾注了深情的，他是河北诗坛上空的雷达，是河北诗人的护航者，也是河北诗风的引领者。早在2003年，他就写出了《河北当代诗歌史》，河北有影响的诗人都纳入了他的评论范围之内。《河北当代诗品百家》则不仅有对张学梦、边国政、姚振函、刘小放、张洪波、郁葱、大解、陈超、杨松霖、简明、刘向东等男性诗人的简笔勾勒，也有对伊蕾、李南、胡茗茗、施施然、幽燕、薛梅、林荣、青小衣、唐小米、艾蔻等女诗人的精彩点评。不仅如此，《河北当代诗品百家》还扩大了关注面，将“小荷才露尖尖角”的河北诗人特别是女诗人给予侠骨柔肠般的、敏锐细腻的发现和评价。他善于在河北地域文化与全国性的诗潮互动的关系中，厘定河北诗人的位置，肯定河北诗人的亮点，也实事求是指出河北诗人的不足，从而带动河北诗人汇入全国诗歌潮流的发展之中。

无论从哪个角度，苗老师的工作都是应该得到礼赞的。

（作者为河北师范大学文学院二级教授、博士生导师，河北省文艺评论家协会副主席）

目　录

CONTENTS

田　间

田间（1916—1985），现当代著名诗人。原名童天鉴，安徽无为人，新中国成立后长期工作在河北。他是在抗战时期被闻一多誉为“擂鼓诗人”“时代的鼓手”的诗人。一首《假使我们不去打仗》的“街头诗”至今在人们心中流传。和平建设时期，他的诗的追寻突出表现在两个维度：诗史与史诗的创作，民歌谣曲资源的吸纳。不说他写少数民族生活和抗美援朝等题材的大量短诗，这两点都集中体现在他的长篇叙事诗《赶车传》的写作上。全诗共七部。上卷四部 1959 年出版，下卷三部 1961 年出版。这是当时河北诗坛一个重要的诗歌事件。这部长诗，利用古今中外文学的原型母题，追寻理想的乐园，以农民赶车为象征线索，串联起了农村几十年社会变革，从而叙写了中国农民历史命运的史诗。虽然难免带有时代的局限和现实的错位，但其经典价值，却是把河北诗歌现代性的构成推向了极致：以民族民间话语，抒人民大众之情，叙中国本土变迁之事。尤其是他广泛借鉴和采用民歌的比喻、象征，民歌的想象、幻想，民歌的多种多样的韵律和形式，使这部史诗产生了一种瑰丽、神奇的色彩，并形成了诗人的个人风格。这无不奠定了他在中国当代诗史上的地位。

1957 年底，田间调来河北任河北省文联主席。从此，他成了河北诗歌的一面旗帜。田间对河北诗歌的贡献，不仅表现在他对河北青年诗人的组织、指导和扶持，使其团结在他的周围，形成了一个颇具实力的创作群体，还表现在他自身的艺术探索，几乎代表了河北诗歌的整体走向。他对推进河北当代诗歌的发展与繁荣是功不可没的。河北诗人们应该永远记住他！

木兰围场行吟

一

花朵温泉诗篇，
也爱实践检验；
你不见泉水之源，
却来自砂石之间。

离宫今日已开放，
历史是非可再看；
马上皇帝曾下马，
探问离宫哪儿建？

二

木兰围场山花艳艳，
万马竞技万箭出弦；
它虽在数百里外，
好似在离宫外围。

木兰围场古树参天，
狩猎篷帐歌舞盛宴；
兄弟民族泪斑斑，
滴滴洒在祖国前。

三

沙皇之刀虽横蛮，
长城万里砍未断；
古战场上的大雁，
飞来飞去又飞还。

不管岁月怎变迁，
登攀总要肩并肩；
堪笑那些个奴辈，
奴颜卑膝腰也弯。

四

滦阳别墅三面水，
滦阳别墅一面山；
长河之水滔滔流，
山光水色照峰峦。

各族首领相聚，
共守祖国边关；
马上皇帝北巡，
留下一片肝胆。

五

青山自爱原上草，
热河亦爱那温泉；
马上皇帝功罪，
历史已予分辩。

歌声与长笛伴奏，
时代与人民相伴；
今日再看离宫，
往日的历史写笺。

郭小川

郭小川（1919—1976），当代著名诗人。河北丰宁人。他的诗歌创作起步于延安时期，新中国成立后，20 世纪 50 年代，创作进入第一次高潮。他站在时代的前沿，以饱满的热情和火辣辣的诗向，召唤青年们高扬“英雄意志”，“勇敢地，投入火热的斗争”，让“青春的火光”在伟大壮丽的事业里燃烧。他对自己创作的要求十分严格，曾说“文学毕竟是文学”，它应该是从人民生活的“海洋”里，“提炼出来的不同凡响的、光灿灿的晶体”。1959 年他写了《望星空》，在当年律吕纷繁的“十年颂歌”中，它是独特而非凡的。他把苍茫的“星空”与天安门长安街交并反转，在天地映衬、浑茫浩渺的境界中，赞颂人民事业的伟大与辉煌。20 世纪 60 年代，他的创作出现了第二次高峰。这时期他写了一系列叙事长诗和许多重复的历史性的诗作。“南方的甘蔗林哪，南方的甘蔗林！／你为什么这样香甜，又为什么那样严峻？／北方的青纱帐啊，北方的青纱帐！你为什么那样遥远，又为什么这样亲近？”“甘蔗林—青纱帐”，象征着两个时代的对接与连续。这就是关于“今天”的命题。在艺术形式上，诗人创作了多种多样的诗体：“楼梯式”、自由体、半自由体、小令体、新辞赋体等。他在艺术的丛莽中不断地探索和开拓“新的出路”，最后完成了他“战士兼诗人”的伟大的一生。

郭小川，他的诗歌是开一代诗风的。一个诗人——一个时代。他成就卓著，但也争议最多，几乎没有哪个诗人像他那样，在获得众多赞誉的同时，也经受了不少的责难。直至最后在“团泊洼”留下的震动历史“秋歌”：“我知道，总有一天，我会化烟，烟气腾空；／但愿它像硝烟，火药味很浓，很浓。”这“歌声”，连同他忠贞不渝、威武不屈的人格形象，将永远留驻人民心中。

甘蔗林——青纱帐

南方的甘蔗林哪，南方的甘蔗林！
你为什么这样香甜，又为什么那样严峻？
北方的青纱帐啊，北方的青纱帐！
你为什么那样遥远，又为什么这样亲近？

我们的青纱帐哟，跟甘蔗林一样地布满浓荫，
那随风摆动的长叶啊，也一样地鸣奏嘹亮的琴音；
我们的青纱帐哟，跟甘蔗林一样地脉脉情深，
那载着阳光的露珠啊，也一样地照亮大地的清晨。

肃杀的秋天毕竟过去了，繁华的夏日已经来临，
这香甜的甘蔗林哟，哪还有青纱帐里的艰辛！
时光像泉水一般涌啊，生活像海浪一般推进，
那遥远的青纱帐哟，哪曾有甘蔗林的芳芬！

我年轻时代的战友啊，青纱帐里的亲人！
让我们到甘蔗林集合吧，重新会会昔日的风云；
我战争中的伙伴啊，一起在北方长大的弟兄们！
让我们到青纱帐去吧，喝令时间退回我们的青春。

可记得？我们曾经有过一个伟大的发现：
住在青纱帐里，高粱秸比甘蔗还要香甜；
可记得？我们曾经有过一个大胆的判断：

无论上海或北京，都不如这高粱地更叫人留恋。

可记得？我们曾经有过一种有趣的梦幻：
革命胜利以后，我们一道捋着白须，游遍江南；
可记得？我们曾经有过一点渺小的心愿：
到了社会主义时代，狠狠心每天抽它三支香烟。

可记得？我们曾经有过一个坚定的信念：
即使死了化为粪土，也能叫高粱长得秆粗粒圆；
可记得？我们曾经有过一次细致的计算：
只要青纱帐不倒，共产主义肯定要在下一代实现。

可记得？在分别时，我们定过这样的方案：
将来，哪里有严重困难，我们就在哪里见面；
可记得？在胜利时，我们发过这样的誓言：
往后，生活不管甜苦，永远也不忘记昨天和明天。

我年轻时代的战友啊，青纱帐里的亲人！
我们有的当了厂长、学者，有的做了编辑、将军，
能来甘蔗林里聚会吗？——不能又有什么要紧！
我知道，你们有能力驾驭任何险恶的风云。

我战争中的伙伴啊，一起在北方长大的弟兄们！
你们有的当了工人、教授，有的做了书记、农民，
能再回到青纱帐去吗？——生活已经全新，
我知道，你们有勇气唤回自己的战斗的青春。

南方的甘蔗林哪，南方的甘蔗林！
你为什么这样香甜，又为什么那样严峻？
北方的青纱帐哟，北方的青纱帐！
你为什么那样遥远，又为什么这样亲近？

李 瑛

李瑛（1926—2019），当代著名诗人。河北丰润人。他一生的诗歌创作，几乎和共和国成长的历史同步。李瑛是当代诗歌史中的一个爱国诗人。他前后期的诗歌创作，在时代内涵、审美方式、艺术话语、美学风格等方面，有了很大变迁和差异，但始终如一的是：爱国的赤诚和不懈的艺术追求。他诗歌创作的内驱力：一个是祖国之爱，另一个是艺术之爱。他深入部队，体验战士生活，在与战士情感的交融中，升华出对祖国的信任和责任。他写训练、站岗、戍边，《夜过珍珠河》："如果你没有为祖国横枪跃马，／你怎能认识她壮美的山河。"《一月的哀思》是他悼念周总理逝世的一部重要作品，"我不相信／迎风招展的红旗／会覆盖他的身躯""车队像一条河，／缓缓地流在深冬的风里"，一路向西，向西……这是诗人为周总理构筑的一座艺术的丰碑。社会的变革、历史的跃迁，让他的人生思考从大地深入到海底。从太空望大海，与"茫茫宇宙"相比，那不过是一点儿"幽蓝"、地球上的"一滴水"，然而却正是地球，地球上的海，献给了宇宙以“伟大的生命”。而大海，矛盾、冲突、新生、寂灭，不停地运动，不断地更新……它以庄严而雄浑的生命力，给人生以“哲学原则和力量”的启示。李瑛诗的艺术风格，是以崇高为主导的多样化的形态：清新、刚健、雄奇、简洁、隽逸……

李瑛的家乡在还乡河畔。他的生命像一条河，从童年流来，经历青春的潮汐、中年的风浪，到了晚年就有一份秋水的澄明。这时候，他写了很多怀念故乡的诗。他说：“我骄傲，我是一棵树。”这棵树，就扎根在北方大地，扎根于还乡河的历史深处。

红 高 粱

北方，红高粱
　　从秋的最高处挂下来
一粒粒血的种子
　　殷实而精壮

据说，在长城以北
　　猛烈的风雨和炎热的阳光
　　　　使它们总是攥着拳头生长

据说，它们修长的大叶子
　　肆意地飞舞
　　　　选择的是大刀的形象

据说，它们钢筋般的根
　　紧掘住泥土
甚至虬曲地裸露在地表上
　　　　显示出生命的执着和顽强

据说，待摇曳的红穗
　　涌向天边
堆起画布上浓重的油彩
　　漫天的流云便卷起滔滔的红浪

哦，其实在北方
红高粱
和镰刀
和犁铧
和锄板
都是我的直系血亲、兄弟和爹娘
叶是旗帜
根是宣言
红高粱是北方历史的诗行

你闻到过汗的气息吗
你闻到过火的气息吗
你闻到过血的气息吗
一个民族美学和力学的
崇高形象

只是这些年
我们仿佛丢失了一些什么
甚至自己

如今，你在北方
再难吃到
大盆里的热腾腾的红米饭
只有在宾馆的宴席上
多情的小姐
会用细瓷小勺舀一口

请你品尝
这就够了
为的是酿一杯烈性的酒
然后把根扎进黑土地
粗犷地生长

雁　翼

雁翼（1927—2009），当代诗人，作家。原名颜洪林，河北馆陶人。主要从事诗歌创作，也写诗论、散文、小说和电影文学剧本。雁翼出生在一个穷苦农民家庭。八岁在本村上小学，日本入侵，被迫停学参加抗日活动。1942年参加八路军，在战斗中三次负伤而致残，后离开部队。1946年到后方文工队。1949年开始诗歌创作。回顾他的诗歌创作，20世纪50年代，主要以大西南的蜀道、秦岭、娄山关、大渡河等为背景，反映巴山秦岭的筑路工程，表现建设者征服险山恶水、拓荒开路的豪迈气概；20世纪六七十年代，更多地把北方的战争岁月与工业建设结合起来，表现家乡人民的革命传统和建设新生活的奋斗精神，后来，又有历史反思和现代化歌唱的《拾到的抒情诗》；20世纪80年代以后，侧重童年、乡情的回忆和对生命存在的尊严与价值的历史性思考，最终人与诗的“信念”合一，“造一堵悬崖峭壁引浪跳／宣扬一种哲学，光明／总是始于不断的粉身碎骨”（《葛洲坝》）……雁翼勇于诗歌艺术的探索与创新。

他的诗，体裁多样，抒情诗、叙事诗、哲理诗、儿童诗；形式多变，自由诗、格律诗、微型诗、三行体诗；话语修辞更是多姿多彩，写实、虚拟、象征、隐喻。他营构了一座诗的百花园。

雁翼积极参加各种文学活动和社会活动，致力于扶植文学青年，并放眼世界，关注人类命运。他以一名二战老兵的身份，呼吁世界和平，让爱和友谊的旗帜在全世界飘扬。世纪之交，他用了五年时间，向各国领袖邀稿，编辑了一部《世界和平圣诗》，于2000年出版。这在人类和平运动史上，也是一个创举。诗人把生命与爱献给世界，献给诗歌，他的作品，就必然犹如晨钟暮鼓，在历史的时空中鸣响、回荡，警醒大地，旷日悠远……

在云彩上面

我们的工地，在云彩中间，
我们的帐篷，就搭在云彩上面；
上工的时候，我们腾云而下，
下工的时候，我们驾云上天。

白天，我们和云雀一起歌唱，
画眉鸟也从云下飞上山巅；
夜里，我们和星斗一起谈笑，
逗引得月亮也投来笑颜。

当我们过节的时候，
在云上演剧，跳舞；
当我们开庆祝会的时候，
摘下朵朵云霞，挂在英雄的胸前。

当我们饿了的时候，
砍下云上的松枝烧饭；
当我们口渴的时候，
就痛饮云上的清泉。

当炎热的季节到来，
云上的松树给我们撑伞；
当寒冷的冬季来临，

我们砍下云上的松枝，把篝火点燃。

篝火的青烟升入高空，
带着我们的欢笑飞过群山，
它告诉我们亲爱的祖国，
你的儿女战斗在云彩上面。

申　身

申身（1932—），河北著名诗人。出生于河北盐山，现居石家庄。他是河北成名较早的诗人，主要成就却在新时期。他说："诗乃一座光彩灿烂的高高峰影，……光彩夺目，但要身临其境，却是路程如铁。"诗人游览了国内名山大川和五大洲多个国家，出版游记《走江河》《走长城》《走古道》《环疆行》《国外游览》《游遍山川心未老——申身旅游踪影》六部。他在生活中、旅途中，见景则写景，生情则抒情，遇事则记事。人间万千气象纳入心灵体验，酝酿幻化出奇妙的灵感，绽放出千姿百态的诗花。在草原，他看见姑娘挤奶提桶而归，便写"不挤了／牛驮朝霞，走向牧草深处／她提奶桶，走向门口／不时地／牛也回回头，人也回回头"，既有"风吹草低见牛羊"的辽阔，更平添了人与牛互动的深情。诗人登太行山赏月，不写"我"望月，而是写"五台山上月望我"："万山沉朦胧，忽有月腾起，／明月望我心好急——／不由风做伴，云纱未顾披，／越来越近，相抱只欠一伸臂。"登山望月开辟了一种新鲜独特的诗美境界。

申身曾为河北省几家出版社的编辑和副总编辑，他先后出版诗集十七种、诗论集三种。他对河北诗坛的贡献还在于小诗的倡导和实践，他的小诗的艺术特点是万中取一，以一驭万。小诗既要囊括深长意味、隽永魅力、省人哲思，又需语言凝练、体态玲珑、节奏紧凑。他的短诗社会影响力较强，已有短诗被报刊发表赏析文章十五篇，河北师范大学教授仇海平编著出版了《申身短诗品读与引用》，笔者也出版了《申身小诗百首点评》，其另有一些短诗被报刊、图书转载，有的短诗已被刻石、雕物和写成座右铭及书法作品。申身是一位值得尊敬的老诗人。

梅花香魂

梅到花期，
人来人往，熙熙攘攘，
官也来赏，民也来赏，
赏美赏香，赏傲雪霜。

朵朵瓣瓣萦绕甜言赞语，
枝枝杈杈挂满笑的目光。
一旦花落人去也，
朝守寂寞，暮伴凄凉。

时回运转重开放，
梅花人面又相映。
对觅香者，依旧赠你心满意足。
对寻美者，照样赊你一枝春光。

梅花傲雪不傲人，
花也香，名也香，情怀也香；
梅花骨傲心不傲，
香的骨，香的魂，香的度量。

五台山上月望我

五台挂月峰，
举我入星际，
孤峰，孤庙，客自己，
故乡，故人，万千里。

万山沉朦胧，忽有月腾起，
明月望我好心急——
不由风做伴，云纱未顾披，
越来越近，相抱只欠一伸臂。

……动情最是将落去，
剪树影花影我影贴上庙西壁。
何必明晨望日出，
有明月知己，足矣！

戴砚田

戴砚田（1932—），河北著名诗人。出生于河北昌黎，现居石家庄。诗人自20世纪50年代开始写诗。那时他满腔激情和理想，走向人生，走向时代，把诗写给前进的祖国。即使和朋友离别，那临别赠诗也是火热的情怀："啊！朋友，伸出你的手／让我们享受这最后一刻／未来给我们摆好了位置／让我们高歌着走向光荣的劳动。"这就是那个年代的"青春之歌"。虽然人生路上并不总是鲜花，晴空有时也布满乌云，但他对祖国的一片赤子之心，使他的创作能够穿越时空，在新的历史时期重新焕发生机和活力。迎着时代之春，他"呼吸着春天的风"："母亲的呼吸一样温煦的春风啊／又一次抚育我归来的灵魂。"随着诗歌观念的根本转变，诗人主题意识的确立，艺术个性不断强化，他的诗，从对生活的外在观照更多地回到内心。诗人当时作为一个中年知识分子，在现实中的心态是复杂的：既有失落，又有寻求；既有忧患，又有进取；挫折后有醒悟，苦恼中有追求；压抑生长自由，困顿孕育昂奋……他的"生命”要做全新的时代之舞：“从哪儿舞过来／扯扬起风之发／往何处舞去／挺拔无可抵挡的步伐”“奔跳、放荡、冲刺／欢乐着向岁月舞去／前面便是新春”。这样的与人和谐共舞，才能舞出人的价值与尊严，舞出永远不败的青春。陈超说，戴砚田的诗“于恬淡俊逸之中含清拔之气”。

戴砚田曾任河北《诗神》创刊时第一任主编。他致力于河北诗歌的发展与繁荣，扶植青年作家，开改稿会，办刊授辅导。在他任期内，河北在涿州举办了“芒种诗会”，会上研讨了诗歌的创新与突破，“让诗与时代共腾飞”，这是令他十分欣慰和振奋的。

背景色彩

你站在黑色的背景前，
自然突出你的清白。

你转身面对绿色的世界，
背景的红艳透射异彩。

在狂风肆虐的傍晚，
你显示坚不可摧的铁色。

在灯红酒绿杯盏叮咚之中，
你潇洒自如，旁若无人。

戈壁石子

说你轻，
两指可以夹起来；
包好你，
只用一张薄纸；
说你重
——含远古雷电风雨，
能压住多少世纪。

青白淡红相间，
大自然镀出你的绚丽。
棱角分明依然，
性格不挠不屈。
让我从沉寂中捧起你，
伴我跨入闹市。
你就是荒漠的忠诚使者：
让我向朋友介绍你，
你就是大戈壁的形象，
在我书桌的一角站立。
虽无声，我却感到
你时时给我进取的激励！

浪　波

浪波（1937—2018），河北著名诗人。原名潘培铭，出生于河北平乡。上中学时开始写诗，河北大学中文系毕业后，从事专业创作。他的诗歌，不管时代怎样风云变幻，一直坚持自己对诗歌艺术的追求。他的家乡属太行山区，前期诗作，主要是对家乡的咏唱。他不忘父辈的历史苦难，“多少春天他播下惶恐的希望，／多少秋天他欠租惨遭毒打”，但更着眼现实生活的诗意，“一层层梯田连天绿，／一丛丛果林泛春霞。／云中叮叮响耧铃，坡上隆隆走铁写”。太行山土地，那么美丽而神奇：“九月柿子香，／入口回味长。／吃口红柿子，终生爱太行。”然而，面对历史的转折，他的创作也实现了巨大的艺术变构。他反思过去，探索人生，追寻民族的命脉。他把自己的诗歌坐标定位于中国五千年文明的历史时空，以现代意识观照古典原型意象：“哦，长城！天之骄子，地之骄子／解不完的方程式，读不完的史诗”“——东方古老的文明几度把世界照亮？／我问李白的诗篇，司马迁的文章……”与上个时期相比，他的诗风发生了显著的变化：从清澈、蜿蜒，倒映着日光云影的山中溪流，而成波澜壮阔、飞涛激荡的大河，汇百川而归大海……

浪波，温文尔雅，待人谦和。他任河北省文联领导期间，既写诗，也写诗学短论，总结经验，开启后人。他对河北诗歌的主要贡献是现代格律诗的创构与践行。其特点为：联辞结采，短句长排，诗行相对整齐，节与节匀称。这种诗体，在诗人手中规矩而不板滞，严谨而不雕琢，约束中显自由，节制中见功力，有效地增强了诗歌抒情的沉凝和语言表达的力度！

山　　行

我在深山里信步漫游，
一路观赏磊磊的石头；
五彩缤纷活着的石头，
千姿百态动着的石头。

不论是筑堰还是垒坝，
不论是砌墙还是盖楼，
不论是架桥还是铺路，
处处都有它大显身手。

不见丝毫的矫揉造作，
刚正里透着淳朴浑厚；
没有分秒的卑怯懦弱，
一生中总是挺胸昂首。

永远坚守自己的岗位，
从来不计锱铢的报酬；
在底层乐把重任承受，
在峰顶从不自夸风流。

难道这不是山的魂魄？
难道这不是山的骨头？
大山与生命同时诞生，

历史与大山一样悠久。

我在深山里信步漫游，
一曲赞歌激荡在胸口；
面对默默无声的山石，
找到人生的良师益友。

霜　　叶

经历过三月明媚春光，
领受了盛夏烈日炎炎；
果实和信念都成熟了，
在这九九重阳的季节。

你红在凛凛的霜风里，
你笑在艳艳的秋阳下；
你知道昨天一去不返，
那欢乐的和忧伤的梦。

曾经在春风里沉醉过，
曾经在酷暑里煎熬过；
因此你期待秋之降临，
这是清醒思考的时刻。

不是恋恋不舍在枝头，
你是眺望无边的山野；
该收割的都收割了吗？
该播种的都播种了吗？

大雁唱着从头上飞过，
到南方寻找温暖去了；
你仍守护着这块土地，
与故乡山水生死相依。

随着第一片雪花飘落，
你将委弃于荒草之间；
铺下一张火红的传单，
向大地报告春已不远。

王洪涛

王洪涛（1937—2000），河北著名诗人。原名王玉玲，山东冠县人，长期在河北工作。他的创作，从20世纪50年代起步，60年代进入旺季，进入新时期又掀起了一个新的波峰。他说：“在诗歌的跑道上，如果不甘落伍，就要在创新突破上狠下功夫。”诗人前期诗歌主要是歌唱太行山区的山川秀美、民情淳厚和人民的奋斗精神。后期作品，则是“苏醒的情思”：从反省历史进而深入反省人生。“作诗难啊，做人更难”，生命处于“特殊的中年”，有过早的支出，有顽强的延伸，但愿“无愧无悔”。他站在鲁迅像前，思绪万千，“你要是活着，那该有多好”“因为你，‘没有丝毫的奴颜和媚骨’”。诗人的这种艺术变化中，有一首诗作为经典，是人们不能忘怀的。这首诗就是《莉莉》。它讲述的是一个父亲寻找女儿墓地的故事。女儿在抗日战争中牺牲在太行山上，“我”“遵照妈妈的嘱咐”，去访“移灵的地址”。“我”漫山遍野地呼唤，问山、问水、问树，石静、水跳、树摇，述说了女儿的各种事迹，但没有具体的牺牲之地。

女儿的身影与太行山的草木岩石泯化为一。巍巍太行，英雄姿影。山与人都在，人共山不朽。这是一曲荡气回肠的颂歌。

王洪涛曾任《河北文学》主编。他为人淳朴、热情。有作者来访，他总是笑脸接待。当时诗坛上有一种争论，就是柯岩的《周总理，你在哪里》与《莉莉》在构思上极为相似，都是“招魂”。一前一后，这是否有抄袭之嫌？柯岩没回复。有人问洪涛，他也只是笑笑，不置可否。因此，这就成了一桩永无终结的文学历史疑案。

莉　莉

——写给在抗战中牺牲的小女儿

遵照妈妈的嘱咐，
按照移灵的地址，
我擦干了眼泪，
来到太行山区。

我跨过千座高山，
叩问每一块岩石：
你说！你说！
我的莉莉，她在哪里？

石头不语，
向我示意：
你看，石壁上有她
刻写的标语：
坚决抗战！
减租减息！
她在这里发动过群众，
她把火把点在人心里。

我穿过道道丛林，
摇着每一棵树木：
你说！你说！

我的莉莉，她在哪里？

树木肃立，
摇动树枝：
你看，树皮上有她
小小的指印，
树根上有她
晶莹的汗滴。
她在这里植树造林，
她在这里种谷采菊。

我涉过道道河流，
询问每一点水滴：
你说！你说！
我的莉莉，她在哪里？

河流不答，
浪花跳起。
你看，水面上有她
白色的头巾，
浪涛上有她
划船的英姿：
她在这里送过游击队，
她在这里沉过鬼子。

我走过千山万水，

访遍太行山区，
我得到的回答啊，
都是同一的话语：
莉莉，在我这里！
莉莉，在我这里！

莉莉啊，莉莉，
我的好宝贝！
高山是你的形象，
树干是你的身躯，
花草是你的衣裙，
涛声是你的笑语。
太行在你的脚下，
你在太行的怀里！

何　理

何理（1937—2010），河北著名诗人。出生于河北兴隆。20世纪50年代开始写诗。他的家乡是燕山深处的小山村，他从小爱唱民歌。新中国的成立使他的家乡发生了巨大变化，于是，他以民歌体短诗歌唱农民的新生活和新的历史情绪。“唱一唱农村”：“过去野菜度饥荒，如今野菜把鲜尝”；“小镰刀，磨得快，单等秋风送信来！秋风到，农民笑，毛主席也在笑！”关注生活本身，把描述与抒情相融合，初步形成中国当代诗歌的“颂歌”范式。尽管经历世事苍茫、时代风雨，但诗人真诚的诗心不改，并把对家乡的爱扩大到整个祖国。承德避暑山庄外八庙中竖着一块石碑，他辨识碑文，那惊天动地的史实，点燃了他的爱国情怀。于是，他于1983年创作了长诗《天涯风雪》，咏述了土尔扈特人从俄罗斯回归祖国的艰苦而悲壮的历程。这部长诗标示了何理诗歌创作的一个高高的峰峦。同时，他写了大量短诗。“故乡的山”，是忠诚的、坚强的，历尽沧桑，不改初衷。“不管高的矮的大的小的”，它们紧“挽着臂膀”，“巍然不动”，耸立在历史的大地上。诗人自许是“女娲补天遗留下来的后辈”，愿“为共和国的大厦”搅拌成“混凝土”。石头的性格，就是诗人的性格，诗中的燕山之石，就是诗人个性与人格的艺术象征。

诗人何理的一生，是一个历史的传奇。还在上中学时，他便把一首首民歌体的短诗写在花花绿绿的纸上，当积攒成百十来首的时候，他突发奇想，把它们寄给了中国作家协会，没想到，这竟成了他正式出版的第一部诗集《唱一唱农村》。从此，他的诗歌紧跟祖国的历史步伐，并以他的全部诗作体现了共和国精神！

故乡的山

历尽沧桑
有多少坎坷多少不平
有多少创伤多少隐痛

沉默
在该欢乐的年代依然
　　　　　　在沉默
这无声的沉默
便是痛定思痛
胜于春雷般的轰鸣

你们挽着臂膀
不管高的矮的大的小的
不管是恩恩怨怨
都结为命运与共的弟兄

没有扯皮没有摩擦
没有内耗没有钩心斗角
凝聚起膂力
巍然不动
春华秋实属于站立的历史
你是崛起故乡的
　　最好象征

真　诚

有人说我是火焰
有人说我是金子
我却说
　　我是石头

我有棱有角
我没有迷人的诱惑
我不会耍心眼
我无须油嘴滑舌

让世俗们鄙弃我吧
让市侩们讥讽我吧

我狷急而不安
我并非“通灵宝玉”
却是女娲补天
　　遗留下来的后辈
不是混世魔王

为多彩的生活辉煌的历史
为诚挚的爱情美好的友谊
我要去铺路
我要去搭桥

为共和国的大厦
我要搅拌成
　　混凝土

刘　章

刘章（1939—2020），当代著名诗人。原名刘玺，出生于河北兴隆一个叫上庄的小山村。他从小喜欢民间歌谣，中学时代开始写诗。他在劳动中写诗，在诗中歌唱劳动，“歌儿飞自心窝窝，／果子采在手里头”。他吟咏燕山，“燕山山峰高又高，层层梯田入云霄”。他唱“牧羊曲”，“花半山，／草半山，／白云半山羊半山，／挤得鸟儿飞上天”。后来，随着时代的变迁和诗歌观念的演变，他的诗歌走上了在古典和民歌基础上发展新诗的道路。他创作了大量优秀的乡土诗。传统与现实在乡土上对接，拓展了他的诗意时空。从古至今，上庄的史志上，有“血浸的土地”“岁月的沧桑”，也有颠踬顿踧的农民命运，以及苦涩中“对花闲谈／花能解语”的人与自然共在相生的谐和与纯净。他还写“古句新题”：“月是故乡明，／月是故乡大，／故乡的明月，／总在故乡南山挂。”作为民歌起家的诗人，刘章毕生所达到的艺术高度，在他们那一代诗人中，堪称一个特例和奇迹。一般诗人自备一格就不错了，而他在诗体建构方面的自觉，却使他成为自成一体的诗人，难以模仿。他的诗，语势节制而自由，形式整饬而变奏，音韵活泼而律动，既不太像古诗，也不完全是民歌，而是结合两者创造形成的全新的话语方式和艺术格调，给人一种苍劲而清新的审美感受。

刘章，一生真诚为人，认真作诗。他的儿子刘向东、侄子刘福君也都写乡土诗，他带起一大批学生、弟子。诗人宗鄂写诗赞曰：“你就是一只诗的／头羊／领着一群诗人／有云的洁白／有青草和泥土的气息／一呼一吸都是乡情。”他的家乡小村建起了“诗上庄”，他的塑像作为乡土文明的标志，永远屹立在中国诗歌的史册上。

牧 场 上

花半山，
草半山，
白云半山羊半山，
挤得鸟儿飞上天。

羊儿肥，
草儿鲜，
羊吃青草如雨响，
轻轻移动一团烟。

榛条嫩，
枫叶甜，
春放沟谷夏放坡，
五黄六月山头转。

抓头羊，
带一串，
羊群只在指掌间，
隔山听呼唤。

乡 音 未 改

千里相思，一日归来，
婶子大娘都说我乡音未改。
乡音未改，乡音难改，乡音怎改?
家乡的泉水是哺育我的乳汁，
家乡的父老是我永恒的爱。

即使白头，我还是家乡的童孩，
乡音常在，家乡人禀赋常在：
山的坚强，水的柔情，树的直率!
乡音不改，我的诗情不衰，
唱高山流水，向五湖四海。

执手霜风吹鬓影

残月，残星，
山影，树影，
山谷里挤满晓风。
路像从村里抽出的细线，
飘忽细径。

接过你手里的包儿，

道一声珍重。
我从此影单，
你回去屋空。

走几步，怕回头，蓦然回头，
你手在空中，风吹鬓影，
小溪水，如咽，如凝。

漫长的人生路上，
一瞬间成为永远的风景，
无论千里万里，
总有一只暖手在背后，
叫冰溶、雪溶、霜溶……

尧山壁

尧山壁（1939—），河北著名诗人。原名秦陶彬，出生于河北隆尧，河北大学中文系毕业。他在大学期间开始发表诗作。他也是跨越两个时期的诗人。对比两首诗，可以看出他前后不同的艺术变化。《美展》：“方田是一块块展牌，／林带贴一条绿色花边，／插秧机正做苏州刺绣，／移苗机正织天津地毯。”《阳台，小小的空中花园》：“望见你就眉开眼笑，／我家小小的空中花园——／五颜六色的花开了，／最美的一朵是小女儿的脸。”前者，客观、平板，后者主观、轻盈。这表现了诗人“自我形象的凸现和主体意识的觉醒”，这是一个重大的诗学嬗变。过去写什么就是什么，而现在深入生活，写自己的感受和体验，从外向转内向。他作为烈士子弟，即便写英雄人物，也蕴含着他浓郁的情思。他写狼牙山五壮士：“狼牙山，我心中的瀑布”“前临深涧，后有围堵，／正义被邪恶逼上绝路”“那高呼如惊雷回响在山谷，／啊，这才是真正的人字瀑！”。打开心灵，拥抱世界，历史古迹、名山大川、草原戈壁，甚至身边的日常生活，都绽放出了斑斓绚丽的艺术花束。其风格也从机巧、风趣而转变为浑厚、刚健、质朴、风华……

尧山壁曾任河北省作家协会副主席。他热心事业，扶植青年。在他的倡议下，1984年，河北作协与廊坊师专联合举办了一期领全国风气之先的作家班。他多次亲临指导。这期作家班，为河北培养了一批作家、诗人，如今，他们已成为河北文学的中坚力量！

狼牙山，我心中的瀑布

李白唱绝的庐山，
世人叹服的黄果树，
哪里能比得上啊，
狼牙山高悬着
我心中最壮观的瀑布！

前临深涧，后有围堵，
正义被邪恶逼上了绝路，
五壮士没有踌躇，
信念的洪流冲破一切拦阻，
用生命在绝壁铺出坦途。

民族响当当拍着胸脯，
棋盘坨像一个拇指高竖，
惊天地啊泣鬼神，
那高呼如惊雷回响在山谷，
啊，这才是真正的人字瀑！

你有多么巨大的能量，
冲击着亿万人心灵的机组，
产生着强大的电流，
除非他心房已经锈住，
变成革命精神的绝缘物。

你有多大的落差，
令亿万双眼睛仰慕，
标志着人生的刻度，
除非他患了白内障，
眼前是一片迷雾。

啊，狼牙山的瀑布，
五壮士留下的一份遗书，
谁要认识它无形的字母，
就会获得无穷的精神财富。

旭　宇

旭宇（1939—），当代诗人、书法家。原名许玉堂，出生于河北玉田，现居石家庄。河北大学教育系毕业。1973年出版第一部诗集。在历史转折的春寒料峭之时，他的时代歌声醒来较早。他说："我是属于春天的，我的诗应该是春日的溪水。"他先唱起"醒来的歌声"，后又擂响激越的"春鼓"："第一片嫩绿的叶子，啊，第一面升起的／春的旗帜！""太阳旋转着金轮""春风的铜号在长空书写雄韵"。他的诗题材广泛，写时代，写行旅，写怀古，但最多的还是聚焦于家乡故土："七九，八九，／沿河走走，／报春，她不用紫衫红袖，／只向惺忪的原野／招一招手，／有人便会抬头，／啊，第一缕春风／挂在高高的枝头。"田野是刚醒过来的"惺忪"的，春风是"第一缕"，这北方典型的初春的景象——清清的，柔柔的，淡淡的，沁人心脾。诗人在冀东大地行走："轻轻哼一句皮影唱腔，／便吐出一个可爱的家乡；／我握着山里人给我的笔，／在冀东山水间拾取母亲给我的诗行。"他沿着还乡河，一路走来，从庄稼、草木中，捕捉灵感，摆写成篇。即使远离家乡，他魂牵梦萦的，还是生养他的故土：“天空的云，我的魂，／旅行千里万里，／一声思念的雷，在梦里／落在家乡的土地上。”这些诗，大多短小、洗练，构思精巧，以少胜多，语言明丽、轻熟，具有清隽秀美的艺术风格。

旭宇曾任《诗神》主编，为河北诗歌发展作出重要贡献。他是诗人，也是书法家。他后来的创作，致力于将文学与书法有机交汇，诗书合璧，成为中国文坛一种奇特的现象。臧克家赞曰：“融诗为书，化书为诗。其诗，清新自然，独树一帜；其书，刚健流丽，自成一家。”

书法家的自白

面对这七尺宣纸
面对我茫茫的人生

这七寸的紫色云烟
在我紧拢的五座山峰之上
歌唱着起舞着
戏谑着模式的生活
野性不曾泯灭
在明暗起伏的心野
奔跑着雄性的自由

这原野是一块净土
了却俗情　或许
只有佛心才可理解那片空白
那片空白的人生
等待瀑布跌落九霄
等待飓风吹过悬崖
小夜曲　交响乐
在春林里细细流淌

只有流血的心
才理解伤痕
风暴雕刻的思考

枯根盘绕的郁结
线条的曲直　传递
曲直的心音
枯老的成熟
谁人理解
变形的艺术　心迹变形
书到稚幼才见精神
时遭到众多白眼
历史也许流下热泪

月满而亏
我的笔需要思考
留下一段段飞白
不要代替别人大脑
一时冷落
空白的妙用
人生　不需计较
这是大书的妙笔
看转折后的长锋
大河直落
溅起一串雷霆

在云霄之上　有白鹤仙居
在幽幽潭底　有蛟龙蛰伏
或喜　或怒　或荣　或辱
全交付这七寸紫毫

无弦的琴　有秋风伴奏
唱一曲高山流水

面对这崎岖的峰峦
这汹涌的大海　我
做巡天的畅想
剖出一颗芳心
带着烈血和芬芳
挂在这白色的天壁
情感燃烧
思索不落
任毁誉的浪涛扑打
它将永不褪色

张学梦

张学梦（1940—），当代诗人。河北丰润人。他是中国从农耕文明向工业文明转型期的第一个宏阔发声的现代精神的歌者。他于1979年在《诗刊》上发表的成名作，也是代表作《现代化和我们自己》，不但是他现代诗歌崛起的伟大开端，而且奠定了他全部诗歌现代性的历史基元。他秉持人本主义的理性主义，致力于在历史转折的断层中，进行人的现代意识的人文启蒙；在巨大灾变的沉压下，思考人和自然对抗与和谐的生态张力；讴歌速度与力的跃动的工业文明，把科技术语写入诗中，以科学精神开拓了“小农生产”所无法企及的奇妙的美学界域。他的思维空间是多维的，放射的，自由而不受任何拘囿的。他的意象系统是天地万物所孕育的。他的诗歌话语，现代、先锋，运用打破时空限制的各种艺术方式，但仍是沐浴着中国现代化飙风的原创性的本土的汉语表述。他的人格建构，充盈着自然的活力、悲沉而壮丽的情愫和知性地环视世界前瞻远景的时代气度。其诗的艺术风致和美学境界，如大海，涛飞浪溅，潮涌不息；

似星空，幽缈绚烂，熠熠光华！

张学梦于1957年毕业于唐山市第五中学，后在唐山做过筑路、装卸、木工、铸造等多个工种。一个普通工人，在时代巨变面前，以他本身的根柢和广博的人文与科学知识的获取，借助风云际会的历史机缘，把自己投身于诗歌的神圣创造，担当起人类命运的"祭司"和"歌手"，"歌赞生命和使生命成长的一切"，从而标举了"人类歌哭的高度"！

火　　焰

你在舞蹈吗？火焰。
像旋舞的裙子，像舞动的红绸，像少年……
像狂风怒吼，江河咆哮，像血液
接受了爱情的呼唤。无声的
炽烈的旋律。像要挣脱缰绳的红鬃烈马
跳跃着，在烟尘里打旋。
山岗上，秋天的枫树林，橡树林
在骄阳下闪烁，突然，袭来龙卷风
英华纷乱。像被压抑的豪情，
无处驰骋的奔放。你燃烧着，
颠簸着，像被捆绑着的赤热的雷电。
哪，你疲倦了？火焰，
怎么像凝固的晚霞？忧郁的晚霞？
像开满野玫瑰的草原？失恋的少女
挥动红纱巾奔跑，她跑呀，跑呀
那纱巾，仿佛幻海的红帆……
风息了。杏花落了。寂寞的……
啊，你要安眠？你要梦寐？你要灰暗？

啊，哟哟，窜动起来啦，腾越起来啦！
响着雷霆，闪着强电，像突然爆破的熔岩。
像开花前的沉默。像青春的前夜。
像丝丝奔突的导火线。啊，火焰，

就这样，忘怀吧！疯狂吧！呼啸吧！
太阳不就是这样生活的吗？思想
不就是这样产生的吗？还有那动脉血里的
诗篇。就这样，放光，放热……
分解了，再化合，抛出躯体的每个单元，
哪怕戛然消失了，从此，悄然，永远……

我是司炉。常对燃烧，对青草，
对天空大地，对生命，这样思辨。

物质与精神的临界线

谁也不曾来过，来考察这条临界线
这条科学的马里亚纳海沟，可怕的深渊
而我来了，鼓着想象的翎羽，
戴一顶小缪斯的荆冠。

这边：一块块五颜六色的物质，
那边：绚丽虚幻的精神世界
它们在这里接壤、对峙、转化……
像早春，活泼的不断融解的冰缘。

这条寂静不安的线，
日夜刮着粒子的风暴，化学的雷电，

每个神经元都是高耸的电信大楼、
立体的街衢、商品与货币的自由交换……

啊，我来到这里，我看见
脑在不断地生长和熔融
那熔融的信息流，就是思想和情感。
它们有时在脑上画下错综的印痕
像火星上的河床、环形山……

信息是物质的，精神就是信息
精神可是物质存在的最高形态，最高能级的跃迁！
这正像空气变成氮肥，蜡烛变成火焰，
这正像花变成种子，原子团变成受精卵……

这里的一切是这样深奥，不可把握，
似乎没有法则，却又法则森严，
这里每一寸都是处女地，都是黑洞，
到处都堆放着诺贝尔奖的荣誉花环，
因此，我呼吁勇敢的人们来探索，
——物质与精神的临界线。

边国政

边国政（1944—），当代诗人。辽宁铁岭人。1979年，他在《诗刊》发表了《对一座大山的询问》，以时代的敏感，对历史叩问。这首诗奠定了诗人此后诗歌写作的走向。他以极大的热情投入变革的大潮，对一系列社会人生问题进行独立思考，传达一代人的梦想和心声。在他深沉而壮阔的抒情中，回荡着时代的音响，叠印着劳动者奋进的历史身影："脚步像雷声，踢打一路火花……"他的诗一直坚持深度写作，始终把握历史的脉动和民族的魂魄：从现实的《我把诗写在脚手架上》，到民族文化探源的华岳《梳妆台放歌》；从《无名之歌》对普通人生的叩问，到《风流世界》对人类生存命运的关注；从且走且退的《地平线》，到夜空中突然闪过的一颗《流星》的宇宙与人生的活剧……他的诗歌的精神主脉是探索生命主体的传统与现代、平凡与伟大、个人与族类、瞬间与永恒，并以此为支撑，构筑起宏阔、深远的历史时空。其话语调性和艺术风格，应属于"阳刚"一类，"天风浪浪，海山苍苍"，雄放、旷达、豪迈、飘逸。这种特点，体现了他的精神气质、独特的创作个性和审美取向。

边国政在 1970 年毕业于清华大学水利系，后分配到河北工作。他当过技术员、助理工程师，后任石家庄地区文联副主任。他有着清醒的勤于思考的大脑和骚动不宁的灵魂，喜欢在高远的精神世界里遨游，景慕艺术中的崇高气象和品格。因此，他的诗写，能从浅近中看到深远，从平凡中揭示伟岸，从日常的感触里展现对人和世界的终极关怀。

流　　星

宇宙是一台傀儡戏
舞台朝各个方向敞开
每颗星串演一个角色
自转公转，缓缓地推出
剧情：过去、现在、未来

地球，我们看得最清
反复地变换四种表情
脸上的皱纹颤动着
颤动着河流和山峰
至于战争瘟疫和田园诗
在他的眼神里转瞬即逝
他的不成文的角色分析
我们称为前景新闻和历史
各种主义用自信的笔
画出长寿的和短命的政体
是谁发现了那条操纵的线
是谁充任编剧和导演
有人假设为背十字架的上帝
有人肯定为造十字架的自然

只有流星
流星是一个背叛

当剧情正在展开
当高潮尚未到来
你毅然退出演出
默默而闪闪地
抛弃这个舞台
然而
剧情并没有打断

看你消逝在天边
地球上
有一个渺小的诗人
碰断了笔尖

地　平　线

朦朦胧胧的回文诗
我四面八方地读你
在母亲温暖的臂弯
在父亲厚实的肩头
读你如一篇童话
一个有奶味的世界

读你读你我得以长大
年轮拥抱松树生长

你拥抱我生长
在太阳升起又沉没的地方
在月亮沉没又升起的地方
你闪动神秘的眼神
诱惑我，让我发狂

直径八公里的呼啦圈
我旋转你舞蹈
每个脚趾
时刻感到生命的重量
无数晶莹的梦和憧憬
碰撞着向四处飞散
舞蹈舞你成经线纬线
灵魂被拧成龙卷风
要冲出牧场的围栏

舞蹈，旋转你
成地球的轮廓
成月球的轮廓
成太阳的轮廓
我要让我的链球
由切线的方向飞出
或者截取一段圆弧
如张满的弓，而我
倒下去，倒成箭镞

姚振函

姚振函（1940—2015），当代诗人。河北枣强人。他出生于冀南平原，那里一片千里沃野，禾稼遍地，然而历史的刀斧也曾给它带来坎坷和贫弱。但这一切哺育了他的生命。他的生命与家乡的土地血肉相连。这个平原之子，让自己的灵魂在广袤辽阔的原野上空漫游。诗人说：“当我写下这两个字：平原／我看到了那连天接地的绿色／我听见了雨中庄稼巨大的响声……”对平原的虔诚、挚爱，使诗人洗却铅华，还原平原明净、坦荡的本色。他的乡土诗，几经转换与挪移，最终进入了自我生命的内部，个体生命意识开始觉醒，于是，步入了更为辉煌的阶段。其重要代表作是系列组诗《感觉的平原》：“在平原，吆喝一声很幸福”“什么鸟在头顶上叫”“为了那瓜香阵阵”“蝈蝈把你变成孩子”……这些感觉不是日常自然感性的，而是个体生命体验在回忆的凝定中审美生成的感觉。此种令人心驰神往的全身心的通感联觉，使诗人“飞入灵性”，以自由超越的心态，在满足而平静的“美的瞬间”的把握中，获致人生的喜悦和人性的升华，让生命的本质从沉沦抵达澄明。也因此，这些诗的艺术气象是空灵的、氤氲的，如同平原上荡动的一缕飘逸之气。

姚振函在 1967 年毕业于北京大学中文系，曾任衡水市作家协会主席。他身有残疾，但绝顶聪明。他的人文素养和泥土根性使他的乡土诗表象写感觉，感觉不是思想，但比思想更为浑厚和具有不可捉摸的丰富性，因而，更内在于人的根本生存域。

在平原上吆喝一声很幸福

六月，青纱帐里一种诱惑
这时你走在田间小道上
前边没人，后边也没人
你不由得就要吆喝一声
吆喝完了的时候
你才惊异能喊出这么大声音
有生以来头一次
有这样了不起的感觉
那声音很长时间在
玉米棵和高粱棵之间碰来碰去
后来又围拢过来
消逝
这是青纱帐帮助了你

若是赶上九月
青纱帐割倒了
土地翻过来了
鳞状的土浪花反射着阳光
你的喉咙又在跃跃欲试
吆喝一声吧
声音直达远处的村庄
这是另一种幸福
更加辽阔

什么鸟在头顶上叫

我骑自行车赶路
路很远很远
刚过了清明节
夏天还没有到来

有鸟在头顶上叫
不知道是什么鸟，叫声很熟
像忘记了名字的童年朋友
像歌曲只记得旋律
到底是什么鸟呢
一边赶路一边想

我一眼能看到极远的地方
在平原赶路心里透亮

那叫声是很好听的那叫声
总在头顶上
时前时后
时左时右
它是否也在回忆我呢
这时平原上没有别的

麦子熟了

麦子快熟的时候
麦子还没有熟
你去地里干活
锄春玉米，或者
给棉花定苗
中午回家的时候
你无精打采，很累
低着头，漫不经心走路

你的注意力只逃避了那么几分钟
抬起头来时，你忽然发现
身边的麦子熟了
往远处看，远处
大片大片的麦子都熟了

你后悔刚才不该低着头走路
那么几分钟
麦子是怎么熟的呢

萧振荣

萧振荣（1943—2010），当代诗人。河北行唐人。初中毕业后参军，后当过工人、干部、编辑。萧振荣是河北省诗坛有较大影响的诗人。过去，他主要写工业题材，善于从平凡的生产劳动中发现诗意，“歌从乡野来”。1980 年《诗刊》第 8 期发表了他的组诗《回乡纪事》。其先导性在于，他不是简单地图解概念，而是在生活本身中寻找诗意：阳光铺成的“乡路”，房前屋后的“新绿”，村头崭露“新的笑容”，还有五月的麦浪、八月的瓜园、春节的“年味儿”，更不用说闲时走亲，窗前看戏……诗人善于以敏锐而细腻的感觉捕捉有特点的生活场景和细节，然后加以巧妙地编织与结撰，便形成了外物与心灵契合的意境现场。所写虽然是一枝一叶、点滴事物、瞬间情景，但经过诗人精细笔触的开掘与生发，却能产生小中见大的艺术效果。诗人较多地吸收了古典诗歌和民歌的营养。他大部分抒情短诗都是“八行体”，全诗分四节，每节两行，起、承、转、合，层次分明，结构完整。其句式大体整齐匀称，韵律自然和谐，节奏轻快流畅。他的诗字斟句酌，颇见锤炼的功夫。统观萧振荣的诗作，其艺术特色是清新秀润，质朴自然，往往以简洁的线条、清淡的笔触，蘸着深挚的情思，点染和勾勒出一幅幅淡墨水彩画，轻柔，明媚，雅致，饱含生活的情趣。这固然不是富丽的牡丹，也不是艳冶的玫瑰，却是诗苑中一枝秀丽的兰花，又像是撒遍田野的星星菊，自有其独特的风姿。

萧振荣一直热心河北诗歌事业，曾参与编著《河北50年诗歌大系》《河北历代诗歌大系》。如今，诗人已离我们而去，生前还留下《讽喻集》和《回乡纪事》。可见，他不仅是历史的歌者，也是社会的良知。而隐藏在诗歌美刺功能背后的那人格的真诚与高贵，将伴随他温和、爽朗的笑声，永远留在我们心中。

乡　路

哪里去了，小桥流水、车辙香泥？
晨雾中我把旧路寻觅。

抬脚跺一跺柏油马路，
欲唤出路面下儿时的记忆——

曾同挖野菜的小伙伴们，
跑着看七寸步犁第一次下地。

猛听村口吐出一声春雷，
才看到“机耕路”牌朝霞般艳丽。

拔　节　雨

地头，雨丝织一面透明的网，
把多少人拉来听拔节的乐章。

正议论晴后要趁墒追肥，
村口闪出新选举的村长。

轻骑喷吐着全村人的心事，

扬手喊道：要去县化肥厂。

目送青烟一缕融进茫茫雨幕，
咂嘴声似品出雨滴中的蜜糖。

“封面人物”

农家亘古是本合着的书，
“家里的”充当着糟糠插图。

自从村里开了家美容小店，
招引来女人们怯怯的脚步。

当面膜揭下了历史的尘垢，
一个个原来如此光彩夺目！

佯装不知的男人都心照不宣！
谁不愿有个漂亮的封面人物？

假使没有了水

水可载舟，

亦可覆舟，
皆因了涓涓细流
汇成的浩浩伟力。

载舟也好，
覆舟也罢，
都是应了
这亘古不变的真理。

可是，假使泉源尽竭，
舟下从此没有了水，
这难道不更值得
人们忧虑？

君不见，多少曾经
气宇轩昂的航船，
在枯涸的河床上
无奈地被遗弃。

因而，“爱水者智”
这古老的格言，
在水资源日益匮乏的今天，
我们是不是更应牢记！

刘小放

刘小放（1944—），当代诗人。河北黄骅人。他称自己“曾经是渤海滩上的庄稼汉”。渤海滩历来蛮荒、苍凉、地碱水咸，生长的多是红荆类耐碱的植物，但这也是一片神奇的土地。他的乡土诗，大致走过了三步：现实—历史—人，从最初的现实关怀，很快就转入到恒凝的埋葬先人骨殖的历史深潜：“我大骨架的祖先／率领着他一代又一代捏锄杠的子孙／安息在这葱茏的旷野”。（《村之魂》）故乡的人们生于斯、葬于斯，生死不离弃这块土地。所谓“村魂”，就是与苦难抗争的生命意志和永不屈服的精神。在诗人的体察里，土地是图腾，土地的崇拜也就是对人的生命力的崇拜。在这样的醒悟下，诗人让一个“大地之子”的形象，站立在我们面前。他从对人的本质力量的发现走向对人的自身的尊重。这样，就把人的主体性提升到了一个前所未有的历史高度。于是，他在诗中歌唱，“走出祖传的土房茅舍／走出那神秘的地平／挺立着，我是世界的中心”。这是诗人发自生命底层的呼唤，这呼唤必将震撼辽远的大地，由此，在乡土上建立起真正的“人”的世界！

刘小放在高中二年级辍学，后务农、参军，1979 年转业到河北省文联工作。在乡、离乡、返乡的时空转换中，他的审美视野扩大了，不仅深入了农耕文明的底层，还以深邃的哲宇意识楔入人类生存的本质，从而具备了现代人类学的价值。他的乡土书写，粗犷、浩大、深邃、高远。因此，著名诗人公刘曾赞誉：“生命之绝唱，乡土之《离骚》。”

庄稼院里的女王

她从田野里归来
身上染着草叶的清香
纯净的露水打湿了衣角
脸上闪着宝石似的汗光

给小猫，逮回一串蚂蚱
高高地插在草帽上
给小妮，掐来两朵野花
美美地别在两鬓旁

啊！我质朴的妻子
庄稼院里的女王

回到家，放下耙子抓扫帚
鸡围她转，鹅绕她唱
大灰兔向她行着注目礼
猪圈里，一群小崽前呼后嚷

她行使着神圣的权力
乐滋滋地来回奔忙
提着沉甸甸的食桶
挥起铁勺当指挥棒

啊！我能干的妻子
庄稼院里的女王

她围着古老的锅台
天天谱出深情的乐章
灶膛里点着红荆野蒿
蒸得棒子面饼子喷着清香

每天，为父亲烤好旱烟叶
每顿，给母亲送上热饭汤
夜晚，她把月光搓成思念的带子
遥遥地、遥遥地投到我的前窗

啊！我贤惠的妻子
庄稼院里的女王

荒土上的红荆

从旋风里落下一粒种子
落在祖父跋涉的脚印里
一个坚韧的灵魂复活了

从凝固的苦涩里
爆出一道扭动的闪

生命之根
照亮沉积的岁月

早春
豁然抽出一柄红剑
刺破荒滩千秋空茫
一炷跳跃的火
燃起篷篷绿焰
呼唤着风
呼唤着小鸟和蓝天

一条全色的火狐之尾
一缕鲜活的灵气
飘摇在寥廓的天地间

白德成

白德成（1954—），当代诗人。朝鲜族人。出生在承德，承德师专中文系毕业。他的履历曲折而传奇。他从承德、石家庄、西安，一路做过当时重要的文学刊物《国风》《河北文学》《天涯》《美文》等杂志编辑，而后又进鲁迅文学院深造，毕业时又以惊人之举下海南经商，失意时归故里，从事文化事业。在承德，诗人有过三年的采石经历，他懂得石头特质，他更懂得我们祖先最早用石头来取火，并在人类文明的进程中，用石头建房子、做工艺品、美容、煲汤……他的生命就是燕山的一块石头，他的诗歌就是一部“石头记”。在新的历史转折来临之际，这块石头首先撬动。他把“青春”熔铸成初升的“太阳”。后来经历二十多年的辗转、沉浮，洞悉世事，品察人生，怀揣着那颗晶莹的石头——诗心，重返诗坛，这时，已没有了躁动与冲腾，而归于宁静与澄明。他以那份不灭的诗意情怀和沧海一声笑的淡然态度，让他的诗歌话语豪华落尽见真淳，从容、舒展、大度。一切都是修行，一切都是自然。生死淡然，轮回从容：“燕山是堆坟丘，最后我躺在里头//黑色的更深处是灿烂／比如夜空中寂寞的烟花／比如轮转的生命，变成来世的桃花。”

白德成一生爱石头，曾经制玉玩石头，以石头为生命。“因为我的名字／这块石头是活的”，由此，我们想到了《红楼梦》，想到了贾宝玉，想到了他胸前挂的那块玉石。石头突破石头，展现了一代历史话语的青春，白德成的诗心藏在一块石头里，而石头在燕山的深处，绽放着最璀璨的光芒！

燕山，今日有雪

今天落雪了
雪花死得很干净
大地是它的冢

目光变得很遥远
昨夜的雕楼
已被月光淹没

邀月的手
只邀来手心的
一滴泪

呃，泪水
其实等于太平洋
都是一种味道

石头、剪刀、布

我能够覆盖你的坚硬吗
你能戳破我的脆弱吗

伸出手，可能是步步莲花
蜷起手，也可能是暗桩密布
每一次的出手都是一个
无法预料的结局

谁能逃脱命定的劫数
谁能躲避生生相克
并且环环相扣
所有的结局都是下一个猜测

你猜吧，无论你怎么猜
我要出的肯定是：石头剪刀布

端午节随想

三千年的糯米
粘住了谁的牙齿，诺诺无语
无数次的龙舟演绎
让落水的日子变成戏水的日子
其实
楚和秦，谁灭了谁
都是在这片土地上盘桓
国与共，谁胜了谁
都会用一种语言去欢呼

匈奴，原本是我的兄长
鞑靼，早已是我的弟兄
塞外的胡虏，关外的鞑子
都是手心手背
如果那个孟姜女
再多哭几声，长城早塌没了

后来，端午的前一天
一个伊斯兰女人柔软的手
悉心地把无数青剑折叠起来
用一种丝线捆绑
缚住了粽子的心
顺便缚住了许多男人的心

端午的这天早晨
我没有梦到三闾大夫
只在睡梦中
猜想着今天有没有晨勃
老婆登山回来，揪着我的耳朵
认真地在耳际塞上一段艾叶

何香久

何香久（1955—），当代诗人、学者。河北黄骅人，现居沧州。1970年开始发表诗歌作品，至今已出版诗集十四部。他的创作过程曲折而较漫长。他的诗，犹如一只蝴蝶，起初在海上听到的是“螺号”发出的强悍而坚韧的金属之音；继而，它飞过烂漫锦绣的花丛，是生命青春的骚动，“饮尽天下的爱河”；而后，蝴蝶有几次蜕变，从人生而生存，从生命体验而超验哲思。这只蝴蝶，飞掠过“灰色马，灰色骑手”的带有西方宗教色彩的关于人类的“死”、“爱”与“命运”的缥缈云烟；也曾停栖在菩提树上，见证“一苇渡江”，看佛祖莲台之上对“至上至尊的生命”，“拈花一笑”；最后隐身于自然万物之间，物我两忘，天人合一，也即消弭于虚无，而诗便成了唯一的留存。这是一只生命的蝴蝶，灵魂的蝴蝶。它的飞舞轨迹为：“思想过了　经历过了／忍耐过了　挣扎过了／剩下的／只是等候／等那一双音乐的手／引渡。”诗人长期以来，把诗与思相结合，在一个物质主义的历史文化语境下，坚持一种灵魂的沉思和生命本体的追问，于根源性的话语言述里，把自我生命化作诗的本质，以此把混沌、迷茫的大地，转化为人类生存的诗意栖居。

何香久的才华是多方面的：在学术、文学、史传、考据等方面都有造诣。他研究《金瓶梅》，编纂《四库全书丛编》，著《旷世大儒：纪晓岚传》，主编《二十世纪中国散文大系》，写小说，写散文，写电视连续剧剧本。这样，就使他的诗成为人文多维度的审美聚焦。因此，他的诗歌现代性的美学风范是中西交融、广博文雅、古今新变、浩气沛然！

海上蝴蝶

两只蝴蝶在海上飞
一只追逐着另一只
漫无涯际的海上
一双小小小小的帆
跳跃在浪谷里

我屏住呼吸
为它们揪心
我伸出一根长长的竹篙
想让它们栖在上面

两只蝴蝶在海上飞
两个忘情的舞者
在波的峰巅上翩跹
渐行渐远
它们不信任我伸过去的竹篙

是为了爱
还是为了花粉
我不知道，因为我不是蝴蝶
我只有祈祷风停下来　海停下来
祈祷太阳不要吸走它们身体的一点点热量

两只蝴蝶在海上飞
它们越飞越远
而我看见它们越来越大
如同一双大大大大的帆
如同一对大大大大的信天翁
它们的翅膀覆盖着
一个花园般的海

渔　眼

没有见过你的时候
就听到许多关于你的传奇
于是，我想象着你的眼睛
一定是一双鹰隼的眼睛
又圆，又明亮

面对一双微眯着的
布满血丝的瞳孔
我不敢叫出你的名字
然而透过这两扇深邃窗户
我却看到了一片浩瀚大海

我想，在这样的眼睛里
海，从来就不是

一片抒情的蔚蓝
而是一魔方
一只被你的犀利的目光
切割成无数个小方块的魔方
——这一小块活跃着肥美的鱼虾
　　那一小块生长着名贵的海参
　　这一小块埋藏着狰狞的暗礁
　　那一小块潜伏着险恶的涡流
你能随心所欲地组合它们
让它们在你的手掌上变幻着色彩

你洞悉着海的全部隐秘
古老的和新鲜的
你的目光是一种物质
能穿透并捕捉波涛里藏着的一切

不要讲那无数次历险的故事吧
让我去读你的眼睛
在这面明镜上
书写着樯桅一样耸立的信念
和人与海的默契……

张洪波

张洪波（1956—），当代诗人。吉林延边人。他从现代化的石油钻塔下走来，唱着《黑珊瑚》之歌，然后，开始生命的“独旅”，探寻个体生命的价值和意义。“独旅”，始终是一种有意识的灵魂冒险，它以悲剧意识反观自身，使自己的灵魂得到净化和升华。草木、大森林、钻塔……都生长在恒凝的大地上。诗人在走遍世界之后，终于感受到脚下大地的震动与温厚。于是，他开始打捞地下的“沉剑”，把目光伸向民族历史的底层，唤醒远古的生命图腾。我们看到了一个“胸结果实”的母性形象。她是中华民族文明的始祖和精神的象征，她以自己的怜悯、忍耐、宽宏和勇毅锻造着生命最初的灿烂。是她“吹响第一声源于泥土的音乐”，那哨音“再艰难的岁月也压不弯”，它滋润着永远流转的天空，它向大地和四季释放着各种幻想。这一古老的原型几乎隐含在诗人的所观照的一切事物中。对几千年民族生存意志的自由与坚韧的重新发现，诗人持重地告诉我们，“在这里愈久／爱得愈深”，并且相信，那柄静卧在历史急流中的“沉剑”，必将以其开创的雄性姿态，划开时代的幔云，迎来一个崭新的黎明。

张洪波中学毕业后当过下乡知青、中学教师，后调华北油田，从事文宣工作。他跑遍祖国的山河大地，视野开阔，思维敏捷。诗中那些富有动感和声势的意象、繁茂的语言，总是这样或那样地成为民族、生命精神的体验者、实践者和见证者。或许由于对这种精神深层沉浸的缘故，他的诗呈现出一种肃穆、沉静、宽宏的气度，体现了一种东方的艺术风神！

雄　　牛

雄牛绝望地吼了两声长调
为被割除的一对睾丸
放喉痛哭

血浆浓重
一滴滴点穿了悲壮夕阳
黄昏挣扎
…………
人们灵巧地躲开去
他们还不敢相信它已被驯服
他们看见它的泪水在眼睛里
并未轻易流出
那是一头真正的
雄牛

午夜
远远的牛栏里
又传来一声声放号
我猜想一定是它
只有它的声音
才能够震颤这夜
使之难眠

明天
它还会顽强地
在鲜血润过的土地上
阔步走来吗

沙子的声音

我听见了沙子的声音
听见了微小的石英的歌声
来自远方的沙丘
来自干燥的地带

它们在我的胸腔里滚动
和我的鲜血磨炼在一起
它们细小而又尖锐的音符
撞击着我的心脏

沙子的声音
不停地敲打着
我身体最脆弱的地方
我知道这种感触
该有多么生动、可靠

沙子的声音

使我的生命坚固起来
它们响着、动着
同时也一点点地凝结着
不是一掠而过的

煮 饺 子

一

锅里。水被烧开
饺子们拥挤着、打斗着
就都混熟了

二

多数正内心膨胀
少数有些彷徨
个别已经露馅儿

郁　葱

郁葱（1956—），当代诗人。河北深州人。他的诗歌经过了几次思想的深化和艺术的变构。在经历最初短暂风格的轻松稚气的浪漫曲之后，进入到楔入现实，发现社会、人性的复杂，生存困境的深陷，开始对人的生存叩问。1990 年出版的诗集《生存者的背影》是这种哲学诗意和诗意哲学的凝结。作为短暂的存在，生存者处境的揭示，显露了人生价值和意义实现的可能。如影随形，生存者的背影，就是生存者的见证。进入 20 世纪 90 年代末期，灵魂经历了一番精神的淬炼和磨砺，他写出了大量透明、轻逸却富有人生经验重量的短诗，出现了《和平》《鸽子》等作品。延续到 2000 年以后的十年，出现了一批短诗，像《后三十年》《那时你老了》等。如《后三十年》："疼一个人，好好疼她。/写一首诗，最好让人能够背诵。/用蹒跚的步子，走尽可能多的路。/拿一支铅笔，削出铅来，/写几个最简单的字，/然后用橡皮，/轻轻把它们擦掉。"在诗中，诗人记写了人生转折中的自我省思，其中有爱与创造、虚无与充实、生与死，既有生命的感慨，又有对纯正纯明的期待。诗的话语仿佛是日常语言，但洗净芜杂，切近生命，以其单纯和直接直指人心：纯净、自然、简洁、隽永，包裹着一颗挚诚之心，有一种稚拙感，就像丰子恺的儿童画。2014 年之后，他写作了如《罪己帖》《自醒录》等作品。郁葱说：“我没有能力剖开世人和世事，就把自己剖开，哪怕很疼，哪怕带血，越深入越好，甚至有些残忍和残酷。”“罪己”其实也是在“罪人”，“罪”人性中固有的邪恶和丑陋。郁葱的创作最终回归成熟的理性和理性的成熟。

郁葱曾就读于辛集中学，1975 年参军，后调入河北省文联、河北省作家协会，长期任《诗神》《诗选刊》主编。作品获鲁迅文学奖和塞尔维亚国际诗歌“金钥匙”奖。他扶植和发现一批又一批青年诗人，编辑多种诗歌选本，他曾说：“当世界天真时，愿你成熟；当世界成熟时，愿你天真。”诗人张学梦评论郁葱：“一半文人气，一半孩子气。”

一个完整的人和一个残缺的人

我总有缺憾：
行为中总有缺憾，
意识中总有缺憾，
总有忽视的那些成为缺憾，
总有专注的那些成为缺憾，
总有经历成为缺憾，
也总有未曾经历的成为缺憾。

总有缺憾，
总有想象和生活
在一夜间变质。

石家庄的雨

这几天总在下雨，
连续不断地下，
石家庄的天今天晴了。

和平路有些湿润，
中山东路也有些湿润，
我想起了一场雨的相同，

和它们的不同。

一场雨，竟然让石家庄，
平缓了起来。

是什么瞬间

是一个早晨还是一个夜晚，
那些呼吸、悸动，那些肉体，
都在记忆里浑浊不清。

多么空泛，
欲念静静地翻动了一页。

后三十年

疼一个人，好好疼她。
写一首诗，最好让人能够背诵。
用蹒跚的步子，走尽可能多的路。
拿一支铅笔，削出铅来，
写几个最简单的字，

然后用橡皮，
轻轻把它们擦掉。

一　　生

我是那种，一条道，走到黑的人，
走到黑，
我还会往
更黑里走！

大　解

大解（1957—），当代诗人。河北青龙人，满族。他的诗歌创作历程，从乡土诗写作起步，不久转向日常生存写作，而后以长篇史诗《悲歌》作为其高峰。他写乡土，但不是典型的乡土诗人。在他的诗中，庄稼、农事、村庄、土地等，不是题材观念，而是“乡土中国”民族精神、民族文化的喻指。在乡景、乡情的背后，他试图抵达一种带有超验性的生命体验。他的日常生活写作，富于事象和细节，常置于一种“沧桑与恍惚”的历史时空下，在现实与虚无中思考，在当下与形而上之间游走，从而拓宽了生存经验的畛域，既有亲历性和及物性，又有超验性和精神性。他的写作，时时在场，又反复抽身，在融入更深的人文背景中，不断对自身命运进行挖掘和追问，使人领悟到生命的欢欣与疼痛、自在与价值。诗、思、言，彼此碰撞与生成，成就了他真诚、质朴与睿智的人格质地和简洁、明丽与隽永的艺术风格。

大解上中学时开始文学阅读和写作，曾创办民间文学刊物《幼苗》，1979 年毕业于清华大学水利工程系，从事水利工作，后调入县文化馆，1988 年调至河北省文联，现为河北省作家协会副主席。他出生于燕山东麓一个乡村的农民家庭，童年时家境贫穷，在封闭但富有传说和神话的山野长大。民族的萨满信仰也无形中浸润他的心灵。他个性独立，思想自由。在天、地、人、神之间，建构兼具个人体验和智慧哲思的精神世界，在传统精神和当下立场的相互支撑中生发诗意。

百年之后

——致妻

百年之后　当我们退出生活
躲在匣子里　并排着　依偎着
像新婚一样躺在一起
是多么安宁

百年之后　我们的儿子和女儿
也都死了　我们的朋友和仇人
也平息了恩怨
干净的云彩下面走动着新人

一想到这些　我的心
就像春风一样温暖　轻松
一切都有了结果　我们不再担心
生活中的变故和伤害

聚散都已过去　缘分已定
百年之后我们就是灰尘
时间宽恕了我们　让我们安息
又一再地催促万物　重复我们的命运

原野上有几个人

原野上有几个人　远远看去
有手指肚那么大　不知在干什么
望不到边的麦田在冬天一片暗绿
有几个人　三个人　是绿中的黑
在其间蠕动

麦田附近没有村庄
这几个人显得孤立　与人群缺少关联
北风吹过他们的时候发出了声响
北风是看不见的风
它从天空经过时　空气在颤动

而那几个人　肯定是固执的人
他们不走　不离开　一直在远处
这是一个事件　在如此空荡的
冬日的麦田上　他们的存在让人担心

画　手　表

在女儿的小手腕上，我曾经
画出一块手表。

我画一次，她就亲我一口。

那时女儿两岁，
总是夸我：画得真好。

我画的手表不计其数，
女儿总是戴新的，仿佛一个富豪。

后来，我画的表针，
咔咔地走动起来，假时间，
变成了真的，从我们身上，
悄悄地溜走。

一晃多年过去了，
想起那些时光，我忽然
泪流满面，又偷偷擦掉。

今天，我在自己的手腕上，
画了一块手表。女儿啊，
你看看老爸画得怎样？

我画的手表，有四个指针，
那多出的一个，并非指向虚无。

陈　超

陈超（1958—2014），当代诗人、著名诗评家。出生于山西太原，后工作在石家庄，曾在河北师范大学任教。陈超有诗学著作多部，同时从事诗歌创作。他的诗歌，几乎回溯和记写了他的一生。他写“少年之忆”：“一个男孩的累，沿初放的水仙升起／一直到达他光洁的额头。／往世的水，仅有的石子／在贫血中深入了冬天。”这水仙的意象临水照镜，虽然清寒，但也预示了诗人的才华。孩子的成长，离不开母亲的关爱与呵护。暑往寒来，一顿又一顿的“早餐”，厨房里，炉火前，母亲劳碌的身影，深深刻在诗人的记忆中。他的诗更多的是写大学校园生活和对人与世界的思考。那图书馆里见女学生正拿着借到的他的一本著作，彼此相视一笑的“借书轶事”；那大学运动场上花开花谢的女体育教师的“美色折人”。诗人在冬天写作，寒冬也罢，暖冬也罢，都是一种自我取暖。人到中年，青春期的潮汛已变得“秋水澄明”。他对爱情、家庭，对日常生活，有了更加明达的感受和领悟。诗人携手妻子漫步秋日的郊外：

“携手漫游的青春已隔在岁月的那一边，/翻开旧相册，我们依旧结伴倚窗。/不容易的人生像河床荒凉又发热的沙土路，/在上帝的疏忽里也有上帝的慈祥……”《青铜墓地》是一部重要作品，诗人不畏“空洞”与“黑暗”，以但丁为先导，穿越亡灵，穿越死地，在神圣的咏唱中，“高蹈着诗人所代表的智性、忏悔、孤傲和自由的人类精神”。“对语言的崇拜是现代诗的特征”，真正诗的语言，是创造性地对事物的命名。诗人所可能做的，是寻找和创生贴近生命存在的“元诗”话语。真诚、朗健、大度、隽逸，正是陈超语言的艺术风格！

我们来到陈超的墓地。那高耸的黑色大理石墓碑上，是一个诗人青铜雕像的侧影。那碑前摆放的，是盛满人们怀念泪水的五十六个杯盏。脚下是转世桃花的淡淡血色的落英缤纷：在天地之间、山河之中，陈超屹立着，横贯历史时空，他的诗学和他的诗歌，是中国诗歌的里程碑，也是纪念碑。他的现代诗魂，将像夜晚脉脉闪光的漫天星斗，永远照耀着过来者和后来人……

我看见转世的桃花五种

一

桃花刚刚整理好衣冠，就面临了死亡。
四月的歌手，血液如此浅淡。
但桃花的骨骸比泥沙高一些，
它死过之后，就不会再死。
古老东方的隐喻。这是预料之中的事。
年轻，孤傲，无辜地躺下。
纯洁的青春，在死亡中铺成风暴。

二

如果桃花是美人，我愿意试试运气。
她掀起粉红的衣衫，一直暴露到骨骼。
我目光焚烧，震动，像榴霰弹般矜持——
在最后时刻爆炸！裸体的桃花第二次升起
挂在树梢。和我年轻的血液融为一体。
但这一切真正的快乐，是我去天国途中的事。

三

我离开桃林回家睡觉的时候，
园丁正将满地的落英收拾干净。

青春的我一腔抱负，意兴遄飞。
沉浸在虚构给予的快乐中。
我离开床榻重返桃林的时候，
泥土又被落英的血浸红。千年重叠的风景。
噢，我噙着古老的泪水，羞愧的，炽热的。
看见喑哑的桃花在自己的失败中歌唱。

四

唉，我让你们转世，剔净他们的灰尘。
风中的少女，两个月像一生那么沧桑。
木头的吉兆，组成“桃”。一个汉字，或更复杂些。
铺天盖地的死亡，交给四月。
让四月骄傲，进入隐喻之疼。
难道红尘的塔楼上，不该供奉你的灵魂？
你的躯体如此细薄，而心灵却在砺石中奔跑。

五

五月，大地收留了失败，
太阳在我发烧的额头打铁。
埋葬桃花的大地
使我开始热爱一种斗争的生活！

乌托邦最后的守护者——
在离心中写作的老式人物，

你们来不及悔恨，来不及原谅自己；
虚构的爱情使你们又一次去捐躯。

而这是预料之中的事：
桃花刚刚整理好衣冠，就面临了死亡；
为了理想它乐于再次去死，
这同样是预料之中的事。

杨松霖

杨松霖（1962—），当代诗人。河北张家口人。他的诗歌创作从20世纪80年代开始，其间，有一个深拗的变构与演进。起初，以隐喻和象征的艺术修辞写现代人的精神困惑，融入了当年的“新诗潮”。但不久，他便从中抽身，在“诗与思”的独立思考中，实现了创作力形态的质的转换，获取和秉有了自己的主题和言说方式。他这时期的诗，主题多是对人类生存处境、人生意义的深层探寻和哲学思考。《关于门的四首诗》将与人类存在密切相关的充满悖论的几种生存境遇交织在一起，通过个人经验的体味而揭示出来，在虚无与荒诞的底色上，思辨人的命运和存在，从卑微与蒙昧中剥离出生命的价值和尊严。他的诗的艺术风格与动人心魄的魅力，不在于感性的温热，而来源于剀切、犀利的理性的穿透。其话语方式和调性，不是缠绵的、悱恻的，而是纯净、隽简、洒脱、劲健，不是婉转的小夜曲，而是一帧帧炭笔素描画。

杨松霖于中学毕业后参军，复员后读书、学画，

1987 年开始任《诗神》编辑，后任《文论报》副主编，现为《诗选刊》副主编。他性格幽默、风趣，为人随和，却又内心孤傲。他多才多艺，知识广阔而博杂，思维睿智而深邃。他是一个天生聪慧而个性又极为独特的诗人。他的写作姿态，始终是一个静默的审视者和批判者。他审视社会，也审视自己，批判时代，也从批判自己开始。因此，他的诗产生出一种自我怀疑带来的深刻的良知的力量！

有一种香水叫作回忆

倚在柔软半旧的沙发上
蒙眬地看着电视
屏幕上已经模糊的画面
令人神思迷离
而后伴随着沉沉夜色
堕入久远的回忆

这些回忆有一种特殊的香味
像四月会开的某种花
像冬日清晨忽然绽放的白梅
飘飘洒洒
经不起一阵阵风吹
落英满地

窗外秋风习习
树叶在相互告别
而后，彼此飞离，彼此忘记
此刻，我关掉电视
突然间变黑的屏幕
浮现出渐渐清晰的你
你是谁？隐隐约约
掠过一波又一波
无风而起的涟漪

一个被固定的举止
一句仍在缭绕的话语
一次飘忽在门前的等待
几碟为你炒熟的菜肴
和你的漫不经心
和你眼中泛起的睡意
一小时后
在我充满被误解的注视中
在我特意为你播放的音乐中
你沉沉睡去

月光洒满阳台
窗外悄无声息
《苍白的灯罩》
这令人刻骨铭心的乐曲
飘扬啊，弥漫呀
所有的世人都在沉睡，包括你
而我在流泪

岁月如歌
流年似水
一直到现在
我依然记得
你对我说过
有一种香水
叫作回忆

纸窗之歌

当俺面朝大海，春暖花开
俺听到一首歌于缥缈中传来

当茅房为秋风所破
料峭的寒风将纸窗吹坏
于褴褛的漏洞中，俺听到
一首歌破窗而来
绕梁三日，忽急忽缓，
抖落一地尘埃

当俺无意中步入雨巷
俺听到那丁香一般忧郁的歌
为什么俺的眼里总含着泪水
因为这歌声感人至深，令人刺痛

俺常常从梦里惊醒，恍惚中
看到汪伦踏着歌声的背影
俺看到曹孟德对酒高歌
俺看到汉高祖在大风中
唱出海豚音
俺看到花木兰用绵羊音
叽叽伴唱

他们唱着同一首歌
一首由扁鹊作词，华佗作曲，
孙思邈编曲，李时珍配器的歌
歌中唱道：
轻轻地，俺走了
正如俺轻轻地来
俺捅一捅纸窗
不带走一片云彩……

简　明

简明（1961—2019），当代诗人。河北武强人。他出生于新疆乌鲁木齐，参军上过战场，复员河北，曾任河北文学馆馆长、《诗选刊》主编。他自20世纪80年代开始发表诗歌，最初引起人们关注的是军旅诗。他经受过大漠风沙的洗礼，见识过真正的炮火硝烟的战争场景，这种人生历程使他的创作成为“20世纪80年代纯粹的中国军旅诗”（朱增泉语）。他也写爱情诗和人生哲理诗。在他的诗中，真正的爱情，不是彼此之间缠绕、牵系的“风筝”，而是相互平等、各自独立的自由奋飞的鸟儿翱翔于天宇。这无疑是现代性的爱情理念。20世纪90年代中期以降，他的诗歌写作发生了很大变化，进入了一个更为成熟的新阶段。面对时代风云下的日常生存的繁茂的大树，他砍去纷披的枝叶，只留下彼此对峙又对称的主干和更加深邃更为致命的根系。这种审美思维，准确、干脆、求实，它发现了“存在”，而不只是表达了道义“承担”。他的诗集有《朴素》《高贵》《大隐》《手工》等。他的日常书写，朴素而光华，平凡而高贵，大隐隐于市，手工工于言。陈超这样评论他诗歌的艺术特质：“既追求语境的透明、结构的简隽，又保留丰富的形而上暗示性；既保持日常经验的本真和鲜润感，又对之进行有分寸的语义偏离以产生某种寓言效果。”

简明，从小生活在伊犁河畔，沙漠、绿洲、河流、山谷、草原和雄鹰、骏马喂养了他的生命，因此，他性格强悍、旷达、豪迈，嗜酒如命，诗与酒合。他的诗，从不做唯美的“遗兴”，而有一种“咬定青山不放松”的精神气脉！

葡萄的两种吃法

结果一成不变
至于葡萄
老人孩子各有各的吃法

葡萄的确不同凡响
天庭饱满，模样聪明可爱
葡萄的任何一种遗传基因
都无可挑剔
葡萄的祖上无愧于葡萄
这些紫色家谱
并不左右
老人孩子的胃口

孩子的模样无懈可击
老人也曾无懈可击过
这样就决定了葡萄
两种无懈可击的被吃之法
孩子吃一颗成熟一颗
一颗比一颗阳光充足
老人成熟一颗吃一颗
一颗比一颗真实可怕

老人日出吃葡萄

是因为老人无法
逃避日落
孩子日落吃葡萄
是因为孩子同样无法
逃避日出

意义不在于葡萄的吃法
而在于抹嘴之后
谁能将葡萄的味道
彻底忘掉

赵州梨花

在梨花的版图上，赵县为岛，梨花为海
赵县的深呼吸，吸进去的是鱼
吐出来的是五比一浓度的花粉与醉花客

赵县在石家庄东南方向
省会咳嗽了，想吃雪花梨了
天气预报一准儿刮西北风

赵县不大，恣肆疯长的梨树下
间种着县委、县政府、县人大、县政协
和一千四百岁的赵州桥

赵县梨花沿着民间的海岸线绽放
一树一树又一树，口口相传
像花蕾接应花瓣，果实接应芬芳

梨花一年只涨一次潮
弯腰劳作的梨农
一年只抬一次头

汹涌的梨花
从道行高深的柏林禅寺退潮
留下一地诵经的贝壳

刘向东

刘向东（1960—），当代诗人。河北兴隆人。中学后参军，1987年毕业于河北师范大学中文系作家班，现为《诗选刊》主编。他于20世纪80年代中期开始诗歌创作，90年代以后进入高峰期。他的新乡土诗，不同于那些浅表地写乡情、写农耕文明，甚至在观念指代系统中旋转的乡土诗，而是根性的、命脉的现实写作。他把生命根植于乡土，乡土中涌动着他的呼吸、脉搏和血流。一切都在眼下，不是镜中之像，而是他的生长之地。他俯身泥土，领受和体验大地的生动与温厚。“什么都可以破碎，黄土是唯一的完整。”黄土地上的村庄，是生者与死者轮回延续的基点。“村庄，村庄／到底意味着什么？”他祈望勘破乡村所潜藏的自然生存的密码与隐词。诗人的魂魄栖居于乡土之上，他以诚挚的感激，守望自己的精神家园。他的诗，从不缺乏诗性直觉，往往在现实与冥想、谛听与倾诉中，层层下沉又上升，渐渐集中又散开，以此构建起宏阔而幽深的文本语境。他的诗语言质朴、明快，又峭拔、蕴藉，表现了诗人独特的艺术个性，诚如陈超所说，他承继了“诗经语型”和“楚辞语型”两种语型的传统渊流，“逐渐形成一种融凝重与浩荡于一体的风神”！

刘向东出生在燕山深处的小村庄，自幼打柴放羊，对故乡的风土人情刻骨铭心。他离开家乡，想家乡；回到家乡，唱家乡。即使外出工作，他也“魂归故土”。因为，那里有母亲用过的如豆的油盏。“母亲的灯”，曾陪伴着他的童年，不但照亮了他的来路，而且指明了他的归途……

青　　蒿

高于先人的是坟头
而扎根于坟头的是一束青蒿

比青蒿还高的是支撑天空的
南北双松，天快要塌的时候
青蒿也会奋力
杂乱无章的柴草则舍身追随

其实还有连绵不绝的群山
与群星恒久地对话
那些高高在上的主宰者呀
此刻正折服于一束青蒿

它柔韧，卑小，青涩而无畏
像一句遗言，和亡灵一起沉默

母亲的灯

那灯是泥的　那灯
是在怎样深远的风中
微微的光芒

豆儿一样

除了我谁能望见那灯
我见它端坐于母亲的手掌
一盘大炕　几张小脸儿
任目光和灯光反复端详

啊　富裕的夜晚
寰宇只剩了一盏油灯
于是吹灯也成了乐趣
而吹灯的乐趣　必须分享

“好孩子　别抢
吹了　妈再点上”
……点上　吹了
吹了　点上……

当我写下这些诗行
我看见母亲粗糙的手
小心地护着她的灯苗儿
像是怕有谁再吹一口
她要为她写诗的儿子照亮儿

哦　母亲的灯
豆儿一样　在我模糊的泪眼中
蔓延生长

我看见茫茫大野全是豆儿了
金黄金黄　金黄金黄的
涌动的乳汁啊
我今生今世用不完的口粮

伊　蕾

伊蕾（1951—2018），当代女诗人。原名孙桂珍，天津人，毕业于中国作协鲁迅文学院、北京大学中文系作家班。她在20世纪70年代就开始诗歌写作，带有一种隐忍、沉眠的女性生命姿态。然后，时代风潮的巨变和激荡突然间唤醒了她内在的生命，令她迸发出了一股难以抑制的冲腾。20世纪80年代，是她诗歌创作的喷涌期。在世界范围内60年代以降的“女性意识”全面觉醒的文化背景下，她以浪漫主义和带有后现代主义“自白派”特点的创作，震动了中国诗坛。她诗中的“女人”，是包容了“女权意识”“女性主义”后，以个体生命体验书写精神奥秘的“女人”。诗人以个性的方式，由内而外地言说女性的权利，批判男权社会对女性的压迫，对传统的封建主义文化给予强力的冲击。其间的代表作，就是《独身女人的卧室》。这首诗发表在《人民文学》1987年第1、2期合刊。这首诗的发表，引起了广泛热烈的争论，犹如一粒石子投入湖中，不仅搅起了诗界的波澜，也掀动了社会的风涛。其实，这是一首在思想和艺术上都有强突破的诗。独身女人的世界，有自己的深渊和迷宫，有自己燃烧的激情和生命力，诗人卸去了一切面具，用惊世骇俗的直率表达她对生命的真诚。诗中反复出现的“你不来与我同居”，是诗人故意使用俚俗化的语言，以刺激性的口吻，向各种窒息神圣生命的力量开战。她是原野上的一团火焰，在阴云笼罩下，熊熊燃烧，悲壮地祈祷着女性生命世界的壮丽日出！

《独身女人的卧室》中卧室的原型是伊蕾在廊坊文联工作时居住过的一间小屋。陈超在《伊蕾诗选》序中曾这样评价她：“她 70 年代末期一出现，就不折不扣是个异数、另类，成名后依然如此。她是敢于独立去成为的、真正地将诗融入生命的少数诗人……能写出这样既流畅又不乏纠结的自我意识，伊蕾付出了生活和感情的双重代价。她是一个知行合一的诗人，怎么活就怎么写的诗人。”

野　芭　蕉

在亚热带的绿色的空气里
野芭蕉轻轻地站着
负载着众多星球的天空
是一顶圆帐
（野芭蕉无论白天、黑夜
　时时刻刻在做梦）

每年死掉一次
转了年再生
不知是命定的，还是愿意
无数次地兑换着生命
刀砍了又生
火烧了又生
在不长皱纹的太阳下
制作着一次又一次的青春

是什么在诱惑?
——温情吗?
只是死期中的梦
只要生长着、生长着就够了
用白色的小花向棕榈、蒲葵
传达着漫不经心的微笑
漫不经心的

野芭蕉甚至没有注意到
它用血浇出的果实是苦的

小　夜　曲

一

在一个女人的心弦之上，
你是异乡流浪的孩子，
重返故里。

二

我的多情的小妖，
甜蜜的馅儿饼，
你累累的果实是瞬间的红色，
被神分给众人，
只食其味
厄运难逃，
尽食其味，
难逃厄运。

三

我是知你解你的人，
十指连心
不堪重负是你的核，
千愁百结，
万里迷途，
独坐暗夜，
直化星辰。

我是爱你至深的人，
千里共婵娟，
万里不彷徨，
点点滴滴水晶泪，
为你织羽衣霓裳。

四

相遇之路要走多少年？
宿命难圆，难于上青天！
花开千年变成石——
轻轻羽毛也成金——
小夜曲是不死的鸟，
小夜曲是未亡人……

五

全世界的，全世界的玫瑰
都给你——
星夜的荒冢！
美丽的幽灵！
抱柱而死的圣子！火中的凤凰！
银河的桥！
大地的琴！
施千年魔法的使者！
会飞的爱——
在这东方的森林之夜，
使幸福的金苹果落地，
是我寻找的命中人，接触你玫瑰的嘴唇……

王雪莹

王雪莹（1963—），当代女诗人。出生于辽宁开原，多年生活在哈尔滨，现居廊坊。1983年上大学期间开始发表诗歌。诗人的创作历程，从以躁动着激情、僭越的精灵的《水妖》等为青春期写作的标志，中经多年的淡出与游走，到《我的灵魂写在脸上》的重新归来的生命秋季的咏唱，画出了她女性主义诗歌演化的心灵轨迹。如今，她的诗，从感性到知性，从炽烈到沉凝，已如夜空朗月，湖水澄明。在清辉漫洒与波光幽静的交映中，形塑女性的生命与灵魂。她诗中的一个主题意象是“水仙”。“水仙”是中外诗歌的原型艺术意象。它既是诗人的自我写照，也是诗歌创作生成机制的象征。水仙临水自鉴，不但划开了我与非我，而且大千世界、自然万物都成了她心灵的审美镜像。在这里，首先映现的是爱情，是现代性的情爱：拒绝传统爱情的甜蜜和浪漫，虽然仍把它当成一种聚合的力量，但由于外在环境的不可持性，她以冷静和睿智扶持了爱的陨落，甚至有爱而不能得其所爱但又不能忘其所爱的失落与缱绻。这样的爱，丰富而危险，深刻而生动。至于世事沧桑、人情冷暖，她也从容面对，抱诚守真，把“我的灵魂写在脸上”，以自洁而洁世。她坚信“我有我的路 我的方向”，她在宿命中秉持独立，她在虚无中追求美善和真实。因此，她的生存消散了迷雾，在灵魂与肉体归于统一中，生长出了一种悲悯的情愫，荡穿着一股天地间的沛然之气。

王雪莹曾在哈尔滨工作，调廊坊后仍继续创作，贡献河北诗坛。她的诗歌已形成独特模式：往往把生命的激情隐含在理的逻辑框架之下，以情摧动理的展开与深化。至于虚实，虚是想象，实是物态。虚实相生，使诗的意象充满变异和灵动。情、理、虚、实的巧妙搭配和融汇，就形成了诗人诗歌语言特有的质地与风格：刚健清新，优雅纯净，明隽秀丽……

真　理

多么愿意
停下来　静下来
像一个真正的淑女
只守住自己的家园和麦田

谁让繁花次第开放
谁让春水的涟漪不断扩散
在迷失与归来的蹉跎间
生命宛如成熟的叶片
日复一日显露出明晰的脉络

平凡的心灵如水滴
自有它不被重视的沸点
这就是为什么没风的日子
有些草儿也会轻轻摇动

爱与苦是一对孪生兄弟
是我的欢喜与依傍
当时光的流矢飞速地掠过
我仍不能确信
真正的伤痛可以被平复

就算你可以回避

却永远无法逃脱
即使深埋泥土
我仍可以追踪到你金子的
光芒

归　　来

悄悄蜕变
悄悄完成从蚕到蛾的过程
飞到光亮的高度
其实不需要翅膀
也不会惊动其他

逃避与背叛
源于命运的翻覆
不可抗拒的远方
让小溪沸腾成洪流
春天的道路
拒绝模仿

太多的歧路
太多的刺
太多的枯荣与兴衰
一年一度　唯有路旁的苹果花

仍能如期展露
洁白的笑靥

山川依旧　轻舟早已穿越
猿声啼也啼不住的两岸
冷唇与红颊皆成过往
而我终要归来

在你迟疑的注视之外
在生命浮动的烟尘之外
在春天斑斓的五色之外
归来　我已归来
再没有任何力量
可以阻挡我重新歌唱

李　南

李南（1964—），当代女诗人。生于青海，长期在河北工作。1983 年开始发表诗作，1999 年参加《诗刊》社第十五届“青春诗会”。诗人相信真正的爱情是平凡生活给人生的一次赐福，它可以穿越岁月，使人沐浴在纯正的光辉之中。她让女人自信地成为女人，在“女权—女性—女人”的完整统一中，与异性一道创造和分享共同的世界。20 世纪 90 年代中期以降，李南的诗歌从爱情的幽思转向女性生存的“双声话语”，她在平常生活中观察着，也体验着，发现和捕捉瞬间场景、点滴事件、时代光斑、历史纹理、自然枝叶中潜藏的诗意，熟稔而又陌生地传达出来。“她对伟大事物的受挫，对平凡事物弱态生存层位的敏锐体察，以及与之对应的难过、自责与茫然，在为所欲为乃至寡廉鲜耻的时代脸谱中，成为极其稀缺而珍贵的心灵表情……”（燎原语），卑微而高贵。诗人的叙述情境是“具体”的，但叙述视野又是足够宽大的，可以称之为“用具体超越具体”。说到底，先锋诗歌中的“世俗生活描写力”和“历史生存命名力”

应是同时到位的。李南的诗歌创作，从爱情而人生，从外张而内敛，从激越而沉潜，逐渐走上了日常与历史叠映、寂静与火焰交并的“诗性主义”之路。她的写作姿态，从容安静，不急不躁，诗的意象系统多为融入心灵的生活日常的细节、碎片，然而，其运思、结撰却做得完整与圆融，形成一个有机的艺术生命体，充盈着生气和活力。

一个人以诗为生命，是幸福的。李南在现实生活中创造了诗，诗又以圣洁澡雪了她的灵魂。在此，精神人格与艺术风范达成了完美一致。李南写诗，不跟风，不随潮，不媚俗，也不追名逐利；她为人，不张扬，平凡，甚至庸常，但外在柔弱难掩内心强大。因此，她的诗的美学风格是小中寓大，平中见奇，浅近而深沉，素朴而光华。正如她在《打开诗篇》中所说的：“它告诉你，朴素的思想／像群星一样闪亮！”

下槐镇的一天

平山县下槐镇，西去石家庄
二百里。
它回旋的土路
承载过多少年代、多少车马。
今天，朝远望去：
下槐镇干渴的麦地，黄了。
我看见一位农妇弯腰提水
她破旧的蓝布衣衫
加剧了下槐镇的重量和贫寒。
这一天，我还走近一位垂暮的老人
他平静的笑意和指向天边的手
使我深信
钢铁的时间，也无法撬开他的嘴
使他吐露出下槐镇
深远、巨大的秘密。
下午六点，拱桥下安静的湖洼
下槐镇黛色的山势
相继消失在天际。
啊，过客将永远是过客
这一天，我只能带回零星的记忆
平山下槐镇，坐落在湖泊与矮山之间
对于它
我们真的是一无所知。

小小炊烟

我注意到民心河畔
那片小草它们羞怯卑微的表情
和我是一样的。

在槐岭菜场，我听见了
怀抱断秤的乡下女孩
她轻轻地啜泣

到了夜晚，我抬头
找到了群星中最亮的那颗
那是患病的昌耀——他多么孤独啊！

而我什么也做不了。谦卑地
像小草那样难过地
低下头来。

我在大地上活着，轻如羽毛
思想、话语和爱怨
不过是小小村庄的炊烟。

我以月亮上下弦计时

这封信写给一位骄傲的大师
加急快递，远渡重洋
我以月亮上下弦计时——
不算已逝的昨天和未到的明日。

幸 福 生 活

喝着不醉人的酒，说着不像话的话
我的手放在你的手心
有人管这些叫作幸福生活。

有时我会迷惘地抬起头来
把目光投向最高的树梢——
在那儿，三两只白鹭惊悚着飞过。

赵丽华

赵丽华（1964—），当代女诗人、画家。出生于河北霸州，现居北京。1982年开始诗歌创作。她的前期诗歌是女性生命的咏唱。她珍惜那生命中“花蕊的芳香”，她幻想自己的青春是“飞鸟”，她追问“什么样的爱情可以不说话”。这些诗，犹如北方小河，映现天光云影、夹岸花草，流动、变幻，纯净而又凄迷。后来，她写作和提倡口语诗。没想到，竟酿成了一次“赵丽华诗歌事件”，在诗坛掀动一场沸沸扬扬的论争。主要起因是她的几首口语诗。肯定者、赞誉者与否定者、贬斥者激烈交锋，如火如荼。这是一次由于社会的急剧转型而引发的戏剧性的思想文化的解构、颠覆与重建。诗人倡导口语写作，话语简洁，风格沉着，以素朴的幽默和机智，勾勒人与世界的关系。如她的《衣柜》：“衣柜里的衣服／像是站着的//如果我不去动它／它就这样直戳戳的//还好／没有肉体在里面。”你打开你的“衣柜”，衣服“像是站着的”，站在一片寂静中，如果“我不去动它”，它就静得“直戳戳的”，把物象写到了极致。

这时候，诗人却突然来了个逆转，以庆幸的口吻说“还好／没有肉体在里面”。这是一个发现，也是一个机缘。既然衣服里“没有肉体”，也就没有灵魂。这“衣服”就成了现代社会的“空心人”。有识之士评论：“在探求诗歌感性与理性、内在的复杂度与外在简约形式的切点上有超乎寻常的把握和悟性，写作姿态随意、自如，有时从容、淡定，有时又大胆、前倾。”

赵丽华在风波过后转向绘画。她的画与她的诗出于同一本源，都凭感觉的新奇，凭心灵的触动，甚或凭生命底层潜意识的迸发。一幅幅画，摇曳多姿，都是她生命之树的伸枝展叶。也因此，她的画以其奇异、空幻、神秘、幽深，给画界以强力的冲击。她参加过国内外多次艺术展览。关于她，我们不说别的，只说她是一个了不起的中国女性，一个把诗与画玩得风生水起、月影惊鸿的女人。“诗歌事件”作为一种文化艺术现象，于她是一次历史的巧遇，千载难逢！

广　寒　宫

我们遇上了悲伤的生活
但我们也得到了足够的安慰
你擦着我的眼泪
你说：我们现在首先要做的
就是把这台拖拉机的柴油
换成汽油
这样它的震动就会小一些
它喷出的黑烟
也会少一些
那样我们就可以开上它
去广寒宫玩了

死在高速公路

有一天我会死在高速公路上
像一只鸟

那些穿黄色背心的清道工
会把我拾起来
抚摩我的羽毛
让我在他们手上再死一次

吸　引

像铁钉和铁屑奔赴磁石
我迷醉和惊叹于这种吸引
无法拒绝，身不由己，被拽住，被拽走
被啪的一下粘贴牢
正极遇到负极……

你听到的多是些半真半假的语言
顾及面子，或掩饰某种真实
而肉体和思想并行不悖的话语才是由衷的
俗世规则和传统观念把你拽开，拽走
灵与肉搏斗，挣扎，走开
然后更快地弹回来
将肉身撞破
没有人这样告诉你：
“在你不由自主的时候
让思想听凭肉体”

你收拾着碎片，若有所悟
你思考的不会是绝对的真理
就像屋檐上的水，它硬要滴下来
就像春雨过后的幼笋，它硬要拱出地面
就像闪电，它硬要将黑夜撕开
就像这个女人，她忍不住要给你
拒绝如此艰难，因为她需要……

街　　道

这条街道被太多的绿树看管着
这条街道夜深时的寂寞让人害怕

我沿着这条街道走，走不到海洋
我放弃这条街道，将寻不到陆地

我几乎是无知的。我走着
试图与这条街道一起变心

杨如雪

杨如雪（1965—），当代女诗人。出生于河北行唐，现居石家庄，河北大学中文系作家班毕业。1982年开始发表诗歌作品。她是河北女性诗歌界成名较早的诗人。她的诗，写爱情，从情窦初开，经激情沉醉，在青春期的苦闷与骚动中点燃了她的生命之火，由于感到爱的艰辛，在“没有地方供我们的眼泪落足”的境遇下，终于走向了理性的爱和爱的理性。她把爱情与人结合起来，开始思考人与世界的关联。她对生命之“忍”，有了独特的全新的阐释：“我不可能走得更远／也不可能走得更近／如一棵树我一动就会死掉／如一条河我一住就会窒息／我头上的山／和／海底的脉／虽然是两个季节／一只独尊的舢板／是今生妥协的距离。”既然人生命定地处于山海之间，她仰望星空，觉察到了“神的静默”。人并不是孤立自在的，他生息于大地之上，并不满足于物质的生存，而渴望呼吸神性，因而神引导着他的生命之旅。诗人1988年在《诗神》发表组诗《爱的尼西亚信经》，就是思考和展示这一心灵历程，“从十月的陆地深处遥想六月的海洋”，前面“水面的辉煌不是城”，而回家“天一黑”，路“全部消失”。既然人生充满矛盾，生存处于两难，那就只有求助心灵的宁静：“让我们谈一谈／遥远的漠不相关的星辰吧。”然而，人生纷繁复杂的问题怎么解决呢？这里所能确定的唯一信条，那就是“除了爱一切／一切都是过错”。这就是上帝给予的最高“神启”。诗人经历了如此一轮的精神漫游之后，回到现实，也写了一些生活诗。

杨如雪经历世事纷扰，看破红尘，明心静性，现在已皈依佛门，也写一些禅意诗文，但主要专注弱势群体，做慈悲善事。但人们不会忘记，当年她在河北诗坛曾经是雪绽红梅，红梅傲雪！

母　　亲

于是我也步入这一行列
享有最尊崇的特权。开始了解
这群女人中的女人
是上帝的旨意和作弄
使我们在痛苦中找寻一丁点儿幸福的阴凉儿
在漫长的行程上克制深深的倦意
我最明白她们的荣耀
像小舟一般漂泊在盐的海水之上
还有那无比安详、宁静的微笑
一个沧桑的灵魂也许会为它着迷
而全部牺牲后才赖以维生的东西
是这碧绿的孩子
永远是愚不可及的母亲
在最初的梦幻中耗费一半光阴

一生的阴晴就像这只蝴蝶

一生的阴晴就像这只蝴蝶
整个的一生轻轻飞起来
整个的一生轻轻飞起来
接受母亲的美丽

也接受父亲的智慧
你的心重重叠叠
仿佛土地的景色，血总不会变成水

叫着我，深夜的花卉叫着我
欢痛在开放中悄悄平息
有的像脸颊，有的像手
像爱人又像女儿
慢慢熟知了我的道路
默念芳香的名字朵朵是你
生命短暂，花的时间更迅速
总有重逢的日子不期而至

尘　　世

当我静下来，就看到一条小路
延伸到深夜。二十年
看那树的浓荫逐渐代替了星空
萤火虫紧贴着河的脚面
当我静下来，能听清楚你的责备
玉米的微笑却映红了整个秋天
手电筒亮一次，夜就多一件金子的衣裳
北方之夜伏在我的胸口
发出奇怪的植物的悲叹

星火噼啪，河水不再流
我想人类的世界真是奇妙
胜过十个上帝的世界
即便它给予我的全是泪水全是失望
全是伤感

胡茗茗

胡茗茗（1967—），当代女诗人。祖籍上海，工作、生活在石家庄。2007年参加《诗刊》社举办的第二十三届“青春诗会”。她的诗歌创作起步于20世纪80年代，中间有停歇、反思与探索，后来，从《诗瑜伽》、《诗地道》到《爆破音》，标示了她诗歌的走向与日渐成熟。她的诗，在男女对抗与和解中，确立了女性生命主体的存在。多好啊，“诗地道”，它可以通往历史，也可以通向未来，而两者都在现实的交并中，“每个人都是一处地道／我是自己的，也是别人的”“我钻，我被钻”。正是这种人与人、生命与生命的碰撞、交织与纠缠，才完成了具有多维张力的大写的“人”的建构。她叩问那过往的战火烟云，她叹惋行将幻灭的乌托邦，她深切感受到自我生命内部灵肉撕裂与愈合的时代之痛。于是，诗人托举着爱、悲悯与宽容，款款前行，唱起她的生命／生存之歌。“爆破音”，不在唇齿之间，而来自心灵深处的迸发。一切现状都交叠着生命的原初，一切日常漂流都安息着灵魂的宁静。父母亲情、子女呵护、大自然的草木鱼虫、天宇中的日月辰星，她都能从中发现和开掘出隐秘的人生奥义与价值。一花一世界，一叶一菩提。她的诗歌话语，直接、隽永、雅丽，或用虚实转换的隐喻修辞，从而构筑了切近而悠远的诗意的时空境界，既有大地的脉脉温热，又有阳光的熠熠明媚！

胡茗茗聪慧、漂亮，性格内敛而又开放，颇具诗人的禀赋和气质。诗人、诗评家简明这样评价她：“给一个人的内心投入一粒种子”“这粒种子顷刻间就会变成浩瀚的森林”“这样的人，母本神灵丰饶，是天生的诗人坯子”“她所需要的，仅仅是一粒种子、一个出口、一个使命”。这就是她的艺术风致！

爆　破　音

云层里的鼓点一阵紧过一阵
这是十一月的北方，墓园里的麻雀
正啄食地缝上的积水
左右都是荒凉啊，我拾级而上
落叶比我更急于到达父亲的新坟

腿一软，我低低叫了一声：爸爸
又大声地叫，认认真真地叫
胸口碎大石般地叫
真过瘾啊

一声婴儿一样的爆破音
如今已找不到出口，除非在墓园
上唇碰触下唇，一列火车
从山谷呼啸而过，剩下的
全是沉默

忽　想　起

盛夏被只行李一夜间带走，剩下它
缩在怀里酣睡，缩在

我的体味、腋毛与高等动物
分泌出的爱意里，顺着它的梦境——
没有雾霾、贸易战与紧日子
只有食色，有远去的宫殿和森林

再往前走，很古老的时候
世上没有天空，世上没有大地
只有星辰，星辰以外的星辰
并且，还没有你
来照顾历代的公主
她们的样子真是清凉

转回身，将手伸向它柔软腹部
它搂紧我，暖和我
忽想起，很久没被人吻过
也没好好爱过当下
——突然，哭了

十点一刻的北京

这是房间内最后的火柴
如果火苗的颤抖，是因为我的手
拜托就让潦草的诊断将它吹走

举起空荡荡的双臂
正像十点一刻的北京
广厦万千，按部就班
面无表情的人群
有着毫无悬念的剧情
就连野鸽子也有剧终可憩
病理未明的城市
指望一场热泪的核磁共振

这是我留下的断发以及
用过的面纸巾，三分钟后
门锁一碰，荡然无迹
除非我流淌在右肩衬衣上
那一小点点，可耻的潮湿
正如白云之上，露水的马蹄

施施然

施施然（1971—），当代女诗人、画家。原名袁诗萍，河北张家口人，现居石家庄，毕业于广州美术学院。她开始发表诗歌是在21世纪初，其创作的发展与演变，是由历史回眸中的女性觉醒进到现代人生存困境的突围。她一贯持守性灵诗学：忠实心灵，凸显个性。先是精神轮回的穿越性书写：《走在民国的街道上》，把时光拨回到八十多年前，拂去岁月的云烟，幻想自己着一身月白色女学生装，在初现现代文明景象的街道上行走，步履轻盈而优雅，领略那女性启蒙的“人间四月天”。此种历史的逡巡，是在与现实对照中对五四新女性的回望和重新打量，以绽放自己的青春生命之花。然后，回到现世，看人间百态，熙来攘往，红尘弥漫。诗人又敏锐体察到物欲挤压精神的心灵之殇。《唯有黑暗使灵魂溢出》，这一命意，不但囊括了美善与丑恶的对立，以及抗拒不公不义的道义担当，而且也包含了光明来自黑暗，“知其白，守其黑”的女性“黑夜意识”的辩证哲理。诗人在暗夜中，高擎灵魂的火炬，奋力前行。她吟唱的是女性的尊严与高贵。她的诗，从古典情趣的清雅演变成现代知性的刚健，还是性灵写作，但有了更为深刻的意涵。其艺术风致，也从优雅、温婉、奇幻，转化为质朴、隽丽而高迈。她的主体人格形象，犹如一枝挺立的箭荷，于淤泥中临风绽放，摇曳多姿！

施施然诗画兼举，多才多艺。但她的成功，在于“天分”与“勤奋”，也在于“定力”与“修炼”。诗人的性灵／气质写作，并不是凭空的，而是以丰厚的人文贮备与人生历练为依托的。诗人王家新曾有这样评述她，“很优雅，很含蓄，很有耐性的一种气质，但又有更多生命经验的痛感”，因此，“诗歌有了‘下沉的力量’”。这种评判是很中肯与精到的。

唯有黑暗使灵魂溢出

我常常羞于说出一些事物，比如
一个神秘的梦境。或某个词汇
当我看到一个鼠目寸光的人在大面积地
解构一个伟人的时候
我背负的羞愧，压弯了我的腰身

因为疼痛，才感觉到生命的存在
而快乐是轻的，风一吹就散了

在我的时代，白昼有多少明亮与喧嚣
它的尸体就有多少黑暗与寂静
当白昼像巨大的追光显露出万千面具
唯有黑暗使肉体中的灵魂溢出

直到一切归于平静

我曾经对巨大的水域怀着尖锐的恐惧
大海掀起风暴。无边的引力
仿如罪孽
但其实那只是原始的存在
它容纳生。也容纳死

而今眼见水分在我饱满弹性的肌肤下
流失。如我的父母兄长在生活中隐没
已走过的日子
正在汇聚成一小片海
它敞向好的事物。也坦然敞向坏的

行驶的大地

人生至此，早已远离了起点
但也远未抵达终点。
当我们带着强烈的好奇心和希冀
从一个未知，去接近
另一个新的未知。当我们在十六岁
乘坐着绿皮火车，越过峰峦、隧道、湖泊
废弃的工厂和翻涌的大海
从一个城市，到另一个城市
高架线，高铁，轮船，或飞机……
我们收获着丰富的语言和求生的本领
收获爱情、欢笑，也学会忍耐
并强含住泪水。枫叶绿了。红了。秋雨
还在迷蒙地下。我们的身体
孕育出成熟的美。而遍布了痛苦的刻痕的
广阔的心，是行驶的大地。

我常常走在民国的街道上

我常常走在民国的街道上，步履轻盈
而优雅。当当作响的电车，从默片里开出来
灰色长衫和月白旗袍礼让着上下

不远处的钟楼，是夕阳中的诗人。一群
洁白的鸽子，把闪亮的诗行写在彩虹的脸上
两条有风骨的弧线，向身着灰装的
不老建筑的文艺复兴里延伸。那里有我们
窗明几净的家和一双晶莹的儿女……

就像插上了时间的翅膀，我常常就这样
走在民国的街道上，步履轻盈而优雅。四月天的
花香很近，没有愤世嫉俗，只有儿女情长

幽　燕

幽燕（1969—），当代女诗人。河北平山人，现居石家庄。她毕业于河北师范大学中文系，上大学期间开始写诗，虽有激情，但难免青葱稚嫩。工作后，20世纪90年代开始发表作品。她的诗，大多写城市白领的日常生活和工作，写人们生存的城市病。在没有多少诗意的事物中，发现与培植艺术的花束，颇有点儿波德莱尔《恶之花》的意味。诸如，“不停地挥霍”的“购物狂”，“所有的脸都像一张脸”的“脸盲症”，或者人们都是随大溜的“奔跑的羊群”，还有“上班族”千篇一律的工作、生活节奏，钢筋水泥筑造的“写字楼”的封闭空间，以及思乡病、抑郁症，等等。这些病症，不但是个体的生存状态，而且也是人的整个存在的某种困境。诗人以犀利的笔触，揭示噬心的生命之痛、时代之殇，通过自我忏悔、自我批判，实现生命主体对社会丑恶的拒斥和抗争，并以此来实现人和社会的审美解放。她的诗，在扬弃中，也有肯定。那就是《时光的纽扣》，扣住的是良知和人性，“暖暖的”人间的燔火、光明与融融的爱的温热。她通过语言的行为，把内心美好的形式转化成现实社会的生存方式。她的诗总体命意是：如果城市化的意象和话语符号所表征的现代物质世界，不造成人性异化，并且城市建设也更加人性化与宜居，那么，城市人就不但具备了历史主体性、现代人的精神气质与品位，而且也在更高的层次上提升了人类的文明。

幽燕是一位知识女性，不只有仁慈、悲悯的情怀，而且有很强的哲学思解力。其话语特征是质朴、剀切、疏朗、清雅、奇丽，像黑白木刻，或淡彩水墨。她的人格风姿，犹如她庭院里一棵瘦削的翠竹，对生命虚心有节，不与百花争艳，却临风雪而不凋！

脸 盲 症

举着相认的白旗，落入面孔的迷魂阵
所有的脸都像一张脸，所有的脸都形同虚设
每张脸都是陷阱，每张脸都是歧途
每张脸都似曾相识，每个人都不敢相认

迎面走来的那个人，笑脸相迎而后
又愤然离去的那个人
他是谁？

冷落被冷落，伤害被伤害，
我是人群里的陌生人，
这么多年我始终无法和人群达成谅解
我羞于承认自己的病症
就像我羞于承认
我始终认不出生活的真面目
一次又一次被脸孔背后的暗器所伤
这么多年，我习惯低着头走路
像一个解不开问题的孩子
对这个世界恐惧、迷茫，
又充满一厢情愿的热情和信任

有些风景有些人就这样永远地错过了

说到眺望，日全食太远了，我只关心王者荣耀
说到迷局，一再重复的事物放大了绚烂
不可能之事总有可能发生
就比如现在
窗外的风景以快进的方式向我涌来
短暂的注视后迅速滑向身后
高铁时代，我眼光黯淡，心思游移
并不比玻璃缸里的游鱼更有见识
以至于，我错过的岂止是油彩里的九寨
还有你的智齿和剑气
他们以抱憾的心情映入我眼帘
以此证明，我错过了很多
并将继续错过很多

一整天，我和自己杳无音信

一整天，我追随一株漫游的水草
把嫁衣穿在别人身上
一整天，我反悔过去，忧虑未来
找不到合适的针脚缝补开裂的心情
一整天，我和我杳无音信

仿佛一封投错地址的邮件
我喂喂地喊着自己
仿佛一片阴影喊着另一片阴影

购　物　狂

你看这虚构的春天现场
多么妖娆而丰盛
目之所及，珠光都是我
一厢情愿的唇红齿白也是我
我的影子倒映在这里
逆时光生长
有新鲜的芽苞和绽放。
长矛战胜了风车
一场暗战的结局
仿佛就要循着我的意愿决出胜负。

这臆想的病症将我拖入追逐的深渊。
不停地挥霍，再挥霍。
我满载而归。
我弹尽粮绝。

薛　梅

薛梅（1968—），当代女诗人。河北围场人，满族，现居承德。人的生存总是与河流相关涉。诗人的生命是一条河。天地万物，逝水流波。河水滋育着生命，时光丈量着人生。她的诗，以河水为心灵的鉴照，映现了她人生历程的种种纷纭而明晰的镜像：家乡风土，父母养育，童年情趣，春秋轮回，历史风云，世事迁移，人生际遇……她出生于伊逊河畔的一个小村庄，大学毕业后，工作、生活在承德武烈河边。“我的河岸，我的城。”她长期在高等院校任教，经常漫步于城中河岸。她“倾听”与“冥想”，也“回眸”与“远望”。那暗夜星空，照亮了她“方圆五里”的生存思绪；那夏日蛙鸣，敲击着她“灵魂”文字的节奏；那天上的“心事”，行云一样自在、安详；她把生命“交给时光”，在生死之间，上溯血源的“家族的记忆”，而对至爱亲人的缅怀正演绎着后辈人生百川归海的传奇。诗人的生命之河，奔流于苍茫大地。传统与现代交迭，历史向未来涌进。在升腾与沉沦之中，抗拒人性异化，扶持行将陨落的灵魂，重塑人的价值与尊严，再造民族的精神共同体，就成了诗人诗写的时代性主题。因此，她的诗中，既有宏大的社会叙事，也有日常生存经验的记写，同时以生命主体为支撑，把个人性与公共性有机融合起来，从而，在个体对整体的包容里，创造了现实历史化、具象抽象化、情感哲理化的诗歌话语修辞。静水流深，河水讲述了她在世纪变迁中的人生故事，并涵养了她的人格定力：万象在旁，心澄如水，思接天宇，抱朴守真。

薛梅同时还是大学中文系教授、诗评家。她是一个学院派诗人，得益于丰厚的人文学养和质素，再加上受到她本民族信仰的润泽，因此，她的文化诗歌写作，既文质彬彬，又充盈了一种别样的韵致。她运用象征、隐喻等技艺，造就了她的诗歌语流：清澈明媚，波光潋滟，云水氤氲，奇幻空蒙，“一条生命之河，总有光明带着水汽”！

我看到一只山鹰

然而，黑暗之上
你久久地盘旋，有风声传来呼吸
黑夜也无法遮蔽，你炯炯的眼
这凄惶的人生，每一扇窗口的故事
都在你的眼里分解，化作一条流动的河
在高远处，繁星点点

我像一个梦游的孩子
骑在山鹰的翅膀上，我感到害怕
又感到无限的荣光，我们从秘密的云层穿过
当一重又一重的光亮涌现
我必须承认，我非常喜欢

我喜欢大地宽厚的羊群在天上飞
我喜欢你发出闪电般的声音
我喜欢天外的天，山外的山
我看到温暖的主人——
你把我升起！
以凌厉，以速度，以不屈活下去

交给时光

尽管已是中年，我仍是一枚
闪亮的蓝色指针，日夜喂养
鸟和玫瑰的秘密。在浩瀚的
海洋，种植着忍冬花的芳香

宝藏般的梦，也有着不可名状的
凄凉。我执着地感到吸引
像记忆中那样亲切，我也常怀
惊悚，而很快又会不知不觉

今天，我俯视了武烈河
坐在彩虹桥畔，我的影子
安静伏在水底，有多少尘沙流过
又有多少水草抚摸，我该怎样
寓言，你是我的朦胧命运

我总是听到，那匹白马
穿越我的草原，借助风声
填满许许多多的瞬间，我的中年
有着仁厚的希望，不再焦虑
我学会微微，报以笑脸

毕竟有一位哲人，先于我们

到来，在时光的流水前
传授了生命的秘密，有那些
不可理解的声音或色彩
就望一望远山，让心像鱼儿
跳起又落下来

林　荣

林荣（1969—），当代女诗人。河北枣强人，大专学历。她从新世纪初开始写诗。近年来，所写多为短什，偶尔也有长制。诗人把灵感的触角伸向时代大变革下的人们社会生活的林林总总：各色人等的熙来攘往和光怪陆离的世相图景——上班族、打工群体，贪欲者、享乐者，流浪汉、乞丐；街区、高楼、购物场、车流、酒吧、咖啡厅，路边整齐的树木、高压线上摇晃晕眩的燕子、机器碾轧过的古遗迹的废墟，乃至遮蔽一切的弥天雾霾……既有向上、奋争、进步的气象，也有低回、失落、无奈的氛围。欢乐与痛苦交并，泪水与微笑同在。人们生存的家园，物欲的野草疯长，精神的花朵凋零。于是，她省察，思忖，以现代人文理性、良知和安静澄澈的民族智慧，对当下的生活现实进行拆解、辨识、批判、诘问，从中剥离出真美善与假丑恶，写下唤醒疼痛、救赎与重生的文字。诗人在“诗—思—言”的转换生成中，以“思”为机杼，创造了各种各样的话语修辞、符号编程、语言结构和诗体模式。诸如，日常生活事象的显现，自然花木的简约抽象，人生哲理的寓言型制，乃至警语的凝练、原型的再造与时空穿越，等等。她的诗歌苗圃，百花齐绽，争奇竞秀！

林荣是一位知性的女子，坚持零度写作。客观、直觉、潜隐、清丽，化繁为简，返璞归真。她的人格魂魄和艺术境界，正如她的网名所昭示的：东方明月。一轮明月，清辉漫洒，游移于夜幕之上，自在、浩渺、祥和、宁静。而月光之下，大地安寂，万千景象如简笔画、淡彩画、儿童画，那么纯净、自然、素洁、清奇、隽永……

爱 上 诗

诗里有残阳，有白头的芦苇
有凉薄的幕布上显映的逆潮和废墟
也有不测的诗人之死

爱上诗，爱上不值得爱的那一部分人世
对于那些无法左右的事情
我一边在必不可少的一日三餐里寻找主张
一边用文字屏蔽喧嚣人声

——在不拘泥意义的诗宗教里命名
黑时光、白时光……

零度明月

那不动声色的事物是月亮
人们总说的阴晴圆缺其实和她一点儿关系也没有
不管黑夜，还是白天
秋雨还是冬雪
她其实都只是零度，不流动
也不结冰

有一点可以确定的是：
她从来就不沸腾，也不清冷
她只是在她自己的位置
让周围的星子和地上的人们一看到她
就心生向往和宁静

攀到高处听月亮

霓虹闪烁，不断有各种车辆驶过
街边散落着三三两两电影散场的人们
她是他们其中的一个，身上裹着淡淡的月光
她从橱窗玻璃看到浅表的自己
月光在那一瞬就丢了踪迹
她赶紧把月光找回来
她抱着月光回家，她把月光

化成一碗充饥的米

雪，半夜来敲门

无声地敲
我确信听到了雪的声响，但并没有

从睡梦里挣脱出来

晨起，我推开门
一种蚀骨的、炫目的、安宁的
白——
一种让我从梦里醒转过来的
白——

雪，现在是尼姑庵里削发的小尼
名叫静慈，或者慧安，也可能叫一个我想象不出来的名字

青小衣

青小衣（1972—），当代女诗人。原名张萌，河北曲周人，现居邯郸，是一名语文教师。她于新世纪初开始诗歌创作。她的诗，多写自己置身其中的日常生活和周边平常的自然风物。在人生岁月里，她承担多重角色：学生的老师，丈夫的妻子，孩子的母亲，父母的女儿，公婆的儿媳。落入具体生活，她极为繁忙与劳神：买菜、做饭、洗衣，备课、上课、批改作业，送儿子上学、照料双方老人。然而，她不厌其烦，心安理得。她认为，这琐屑、忙累中都有其生存的价值与意义。像料理银器一样，她一遍一遍擦拭，温婉细致地打磨，让其一点点地闪现本身的熠熠辉光。因为，这日常经验中，有亲情，有爱，有做人的尊严。所以，她从容、自得地应对日常。日常生活的美，是付出，是充实，是人际和谐。在人生四季中，她对身边自然，亲近、友好，从中感受美和启迪。“我有草木之心”，也有山水之情，更有天地之寥廓。她不伤春，也不悲秋，一任生命与自然花木轮回生长。拂开尘世的面纱，这日常生活、日常自然，其底里珍藏的是存在的本质。这本质就是真善美的光芒。她随心尽性的生存方式，决定了她诗歌写作的姿态：纯真，本色，自由，自在。因而，她的诗的语言艺术，也是由生活流、意识流而催生形成的起伏自如、绵延有致的话语流——像天上的行云，似地下的流水！

青小衣是一个淑雅、文静的女性。她追求“像雪一样活着”“用一朵栀子花概括一生”。栀子木冬春长青，这朵雪中“又白又大的栀子花”，不仅写照了她的人格风姿，也象征了她诗歌的美学形态：一枝栀子花，临风挺立，素洁、纯粹，而不失烂漫；清新、质朴，又别具绰约风情……

月　　光

乌云裂开一条缝隙
月亮的鸟儿从里面飞出来
掀开夜的黑袍子，月光抖落一地
像撕碎的纸片
我一个人走累了
站在槐花树下，额头渗出细小的汗珠
在浓郁的香气里，心里的缺口
裂开
不是满月。想一个人
会突然打哆嗦
发抖
会想哭，想和他一起死
地上，碎银子的眼神看着我
硬生生忍住颤抖
叹息被风堵回去，喉咙一阵发痒
我快步走出这斑驳的囚笼
下定了关门的决心

端　　午

刚下过雨，土地松软

一锹挖下去就能渗出黏稠的泥水

这是昨夜的风暴。丝棉木挂满了小青果
树下的车轴草
都快长疯了。那边是开白花的女贞

我取了些花土，鞋子上沾满泥
像个农妇
蹚过盛大的田野
一路踩着湿答答的生活，从乡下回来

风把一大片麦冬压得很低
灰鹊在草丛啄食
人至不去。我想邀它共进午餐

今天，我不喝酒
我怕现出原形

山中所见

这废弃的隧道，铁轨生锈
像闲置的身体只被时间消耗

那沉闷的咣当声，鸣笛

也被蛮荒之初，唤醒日出的刍狗吃掉了

槐花和酸枣花盛开。时光的列车
异常平稳
每天不动声色地驶过

山顶漂泊着断片儿的流云
一个苍凉的背影，走进幽暗的纵深处

云朵遮住了阳光。暮色提前到来
封住了洞口

天边，月亮升起来了
像另一个洞，明晃晃的，洞里着了火

唐小米

唐小米（1972—），当代女诗人。河北高阳人，现居唐山滦南。她的诗起步于世纪之交的网络平台，其创作一开始就把自己置身于大千世界万事万物所编织的生活之“网”中，并以此支撑起“天、地、人、神”的四维时空。她年轻躁动的灵魂在人与他人、人与自然、人与自我等多重对峙与和解的矛盾纠结和缠绕里，奔突、冲撞、求索、寻绎。红尘弥漫、痛苦、迷茫。她行进在人生逆旅的途程，仰望长天，俯视大地，一束阳光的垂直照临一下子展开了她沉压心底的火焰的宗卷：大树旁的一片“叶子”，废墟上的一块“瓦砾”，农民工手中的那碗“白开水”，在神圣的照耀下，都跃动着鲜活的生命。于是，她让一块“卵石”见证流水与干涸的沧桑；以“一条铁路”连接起城市文明与乡愁的绵长；面对大自然的残缺，她与花木交换生长的灵性；在匮乏爱的年代，她企望性爱与柏拉图的精神平衡；人生在世，生死之间，她变虚无为充实——放射生命自由与创造的光芒！她是生活的沉浸者，也是旁观者。深入而质疑，静观而清醒。她打量人间世象，正上演着悲剧、喜剧和闹剧。她审视时代，也忏悔自己。因此，她的话语修辞，充满反讽、自嘲、佯谬、悖论。贫贱的富有，卑微的高贵，沉默的疯狂，轻松的凝重，这些话语和情景，打破了现实表象与本质的常规对位，给人一种或幽默，或机智，或荒诞的美感。然而，无论如何，诗人还是要固守生息之地：燕山脚下，滦水之滨。在那里，劈柴，喂马，种菜，构筑诗意栖居的精神家园——“面朝大海，春暖花开”！

唐小米的诗歌创作一登场亮相，就以鲜明的个性和别样的话语方式引发了人们的惊奇与赞许。她性格洒脱、开朗，又真诚、实在。她使人遥想起人类原始祭祀仪式中那集诗、乐、舞于一身的美丽而灵异的巫祝，既唱颂歌，又念诅咒，以灵魂之舞，召唤神灵，以血肉之身，祭拜山川，用语言之魔力，驱邪祈福，洒甘霖于大地。诗人崇拜“诗神”缪斯，她的人与诗都带有某种“巫”的气质与风神！

松鼠的惊慌不同于人的惊慌

在驼峰岭天池的木栈道上，一只松鼠吓了我一跳
它也愣住了，抬头看着我，慢慢放下怀里的松塔。
我竟然想后退了。但它比我更快地转身，消失在松林里
像被风卷走的一片
褐色树叶
木栈道上，只剩下一枚松塔，对着我
瞪着满身惊慌的眼睛

在伊尔施听马头琴演奏

拉马头琴的男子，已用琴弦打下一片江山
他摇晃着身体，像骑在马背上
风把琴声传出很远，也许传到了大兴安岭东麓
也许追上了一片西飞的落叶
风很猛
抢走了一匹快马

白丁香落了

它们落在墓碑上，覆盖了那年的雪。不！是那年的雪
又撒在墓碑上

但很快，风
就把墓碑吹了个干净，并顺势吹走一个
披麻戴孝的人

绿皮火车

每扇车窗都映出夕阳的脸
这是一列载满落日的火车

一个河南女人用方言教训她泛着阳光的女儿
又用方言安慰吃奶的儿子
她肥硕且疲惫
光泽如身旁空空的
皮革书包

她在嗑瓜子，果壳堆在脚下
她的孩子在尖叫
像把空中的果壳踩碎了

这陷入恶作剧的孩子
一路尖叫
一路踩在母亲扔下的果壳上
火车也来凑热闹
车轮碾着铁轨
把踩过的果壳又踩了一次

是的。落日碾着回忆
把踩过的果壳又踩了一次

杨林勃

杨林勃（1950—），当代女诗人。出生于河北承德，毕业于河北大学中文系，上大学期间开始诗歌写作。杨林勃诗歌前后的创作，由于诗歌理念的转化和个人主体性的确立，发生了很大的变异。开始时，写什么是什么，诗意在于生活本身，后来经由《诗的思索》，从外在事物的描摹而为《心灵的辐射》，这样，诗歌在外宇宙与内宇宙的旋转对应中，在“思”的作用下，就形成了理性的穿越和空灵的镜像。日月星辰、江河湖泊、高山大川、花鸟鱼虫，投射到诗人的心灵而自成风采多姿的独立世界。她看《大山》，悟出“不甘于永世的蛰伏／冲出来了／才有了自己的高度”；她观《湖水》，发现“清澈的湖水／装着别人的影子／混浊的泥塘／心中只有自己”；她怒对丑恶的心灵，写下《蜘蛛》，“屋檐下的蜘蛛／没有亲朋／只因在自己的周围／设满了陷阱”。《拐杖》《哈哈镜》都视角独特，引人深思。杨林勃善于思考人生，诗作形象与抽象交融，《权力》《印象》《谎言》等，辩证思维浸透在字里行间。还有那《树之思》，借景生情，让一片树与一群人达成了心灵的呼应。被编入中学课文的《四季交响曲》，以春夏秋冬隐喻人生。她有些写亲情的诗作，最善于捕捉微妙的情感，如《纽扣歌》《妈妈的邀请》等，信手拈来，委婉动人。杨林勃，为人正直良善、落落大方。因此，她行文作诗，质朴、自然、明快、爽利，且有几分女性的秀丽。其境界，恰如古诗咏燕山秋色，“茫茫金莲川，日映山色赭”“村女采金莲，芳香红满把”……

纽　扣　歌

我的纽扣儿丢了，
失落在一片夏日的草地。
被一株小草藏起来了，
我找了很久没有找到。
妈妈的眼睛不是花了吗，
怎就发现这草丛中的秘密？

夏日里的草地，
荡着暖暖的风；
夏日里的虫儿，
唱着缠绵的歌曲。
妈妈揉搓着纽扣上的泥土，
唤我快快脱下外衣。

我见她手上有针，好亮，
我见她指间有线，好绿。
忙说："妈妈，您就穿着缝吧！"
妈妈笑了："穿着缝没人疼哟！"
我说："怎么会呢？
谁不疼也有妈妈疼的。"
妈妈拗不过我，
就扯过衣襟缝起来。

多好哇，妈妈！
就让这线儿将我们连在一起。
当我摸着这圆圆的纽扣，
就能感到您的呼吸。
当我看到这绿色的长线，
心儿就永远是温暖的夏季。

心灵的雨滴

哈 哈 镜

你在扭曲人的形象中
获得了价值
人在你扭曲的形象中
得到了满足

梦

夜里的噩梦
常突然把人惊醒，
白日里也有梦的
往往不易醒来

大　　山

不甘于永世的蛰伏
冲出来了
才有了自己的高度

湖　　水

清澈的湖水
装着别人的影子，
混浊的泥塘
心中只有自己

蜘　　蛛

屋檐下的蜘蛛
没有亲朋
只因在自己的周围
设满了陷阱

卢品贤

卢品贤（1956—），当代女诗人。出生于河北滦南，现居唐山，廊坊师专作家班毕业。1981年开始诗歌创作。1982年发表在《诗刊》第6期上的《我是园丁》，一下震动了诗坛。她以“露珠”“蜜蜂”“彩虹”“流萤”等为喻托，写教师的平凡与伟大：“我拥有世界上最丰富的色彩，/我拥有宇宙中最初的生命。”她不是教师，这里交叠着她的童心与儿时的记忆：母亲啊，“一天做别人两天的活计/一辈子睡别人半辈子的觉”。乡土以贫困的乳汁喂养，后来她经受社会大课堂的教育，长大成人。经历唐山大地震历史性的断裂，进入现代化的时代，毁灭与新生，失落与振奋，接着是物质丰裕、人性异化，困惑、迷茫，一路上，敞开襟怀，探索人生，叩问灵魂。乡土情愫，是她想象力和生命意识的承载。四季循环、日月交替的节奏，牵动着她内心的搏动和呼吸。山海草木是她的生命，是她灵感的泉源和心灵的庙宇。诗人的生命与自然万物感应，开启了诸多的人生感悟。她作为“朝圣者”，来到雪域高原，在那圣洁的神光洗礼下，聆听远古的回声，把手中忧郁的紫罗兰换成了冰山的“雪莲花”——这“晶莹剔透的冰川之骨／洁白无瑕的雪山之魂”。诗人流连于此，“放牧灵魂”。诗人的生命之旅步步攀升，其境界自迷茫而澄明，由浅近而高远。她的诗歌话语风格也从孤独、感伤而转变为超然、出尘、宁静、大气……

心向高原

把心举向高原
举向刻骨铭心的青藏高原
如织如茵的草地
仰赖草地的牦牛和羊群
用闲适和恬静接纳我
潺潺流经的拉萨河
补给河水的巍巍雪山
用寻常和从容回应我
播种在远古圣坛的格桑花
沐浴阳光静静绽放
用质朴和缠绵簇拥我
把心举向高原
举向刻骨铭心的青藏高原
跷足仰望雪域之巅
俯首鸟瞰江河之源

把心举向高原
举向魂牵梦萦的青藏高原
一路叩拜的朝圣人群
与日月同宿同行感动我
山顶飘扬的五彩经幡
遥对千年不熄的灯盏
用天经地义的信念启发我

冰肌玉骨的雪莲花
抚慰山顶孤独的月轮
以纤尘不染的自信鼓励我
把心举向高原
举向魂牵梦萦的青藏高原
置身苍天和大地之间
置身敬畏与虔诚之间

乡　愁

这个季节我的家乡正浸透海潮的味道
梭子蟹，皮皮虾，青蛤
涨潮，落潮，涨潮
流连在岸边的游客，一不小心
就被原生原汁的海风醉倒
还有讲述燃指导航故事的灯塔
日夜照耀。岁月静好

而城市昼夜闪烁的红绿灯
也像是灯塔，为穿梭的车流导航
但是，激情澎湃的浪花呢
浪花拍打礁石发出的问候
收纳欢乐与愁绪的海岸呢
想念它们的时候

正被车流拥堵在半空中的高架桥

两轮，四轮，多轮
城市所有的车轮都仿佛心事重重
载着一张张陌生的面孔，消失在
早潮，晚潮，手机潮
飘逸的碎花长裙挂在衣柜
它不适应地铁里密集的人潮
沙滩上那两行脚印该存放在哪里呢

白　兰

白兰（1960—），当代女诗人。原名程岚，出生于河北行唐，现居石家庄。1991年开始写诗。她的诗歌历程，从青春期写作到中年写作，有很大的转折和跃迁。她早期的诗歌表现了青年时代的理想和浪漫。人到中年，她开始关注日常生活经验，笔触向心灵深处开掘。在人生四季的轮替中，她进入了生命的秋季写作，其特点是：明心净性，以草木之心观照世界，于物我两忘中，犹如把天地映现在秋水之上。她写花草树木，草木无言，草木有性：“亿万年的星星草开了又谢／谢了又开／今天你来了／你留下的词赋”“花朵依恋花茎／我依恋着美”。她写山川行迹：远方，超脱尘世，那里的“石头　水　了无人迹的丛林”，陌生，新奇，都让人呼吸舒畅。眺望山河，天地大美，万物通灵。她写人间真情：爱情、亲情、友情，它们是生命的血素。其实，人世间的人与人的关系都是缘，哪怕陌生人之间偶尔的一瞥，也弥足珍贵。她写自己：“许多时候我不说话／我就静静地站着／远处的阳光与我连成一片／不发芽／

也不开花。”白兰以佛家情怀入诗，不仅改变了她的生活方式和生命情态，而且也由内心的清净、空寂，生长和舒展出她诗歌明朗、澄澈的艺术境界，正所谓“清为天下正”“静则全物真”。你看，她的“鸟”“多美啊／一抬头　一只鸟影子一样飘过……”，静谧而安详。她诗歌独特的艺术风致是清纯、明净、空灵、淡远，颇有禅趣和佛家气象。

越来越像一株忘忧草

不需要每一株植物都朝着我微笑
每一个雨滴
在春天的洗礼中落到我的额头
不需要每一棵小草为我顶起小小的花冠
每一只烛火
在我的梦境里留下一点儿小奇迹

我在乎月光升起时好心的星宿呼应着它的颤动
我的亲人　像园圃里的草莓
一个个长着宝石般的心
我在乎人心从未阑珊　不为一道彩虹产生嫉妒
每一次晴好
都是为了青稞们的荣耀……

——我越来越像一株忘忧草……

康巴诺尔草原回声

亿万年的尘埃落在这里
我就长满了草。

亿万年的麋鹿　羊群　和白马
它们成了化石
我还在长草。

亿万年的星宿熬过了苍鹰和英雄
我一直注视着它闪光。

亿万年的星星草开了又谢
谢了又开
今天你来了
你留下的词赋　好心眼
亿万年之后　草原上的子孙
将神话一样描述。

张建丽

张建丽（1964—），当代女诗人。生于张家口，现居廊坊。她的诗，穿越人生四季，一路蜿蜒而来，仿佛是一条生命之河，从童年的涓涓细水，经历青春潮汛的冲腾、激荡，到了中年，就有了一份秋水的平静和沉凝。“爱”，是她生命的基本浪涌。首先是男女之爱，其次是朋友之情，荡漾开去：爱春天，爱阳光，爱白雪，爱生命，爱人类……她的男女之爱，深挚而忧伤：“愿你是原野上的一只蒺藜／别人碰不得／而我却甘心你的刺疼／——爱的伤害。”她的朋友之情，真诚而缱绻：“但是今天朋友／我却涌起珍贵的泪水／被几个字　被一封信。”而自然万物在她心灵的原野上则生长成大面积的“幻想的花丛”。季节暂时定格在秋冬之交，有水的沉静和落叶飘零，诗人在此种情景下，放牧自己的心灵：叹惋那不可挽回的时间的“河水”的流逝；在历史暗夜，体悟生命的脆弱；丈量人与人之间可能的距离；她情愿为爱“俯身为桥”“延长你的道路”；她想象以风为马，给灵魂以自由，让它向生命的终极奔去……爱，是人生之河最璀璨的浪花。生与死在爱中遭遇。向死而生，在于爱。然而，在死亡面前，爱终将逝去。这中间，遗忘与追忆，持守与无奈，悲苦而甜蜜，忧郁而美丽，执着而恐惧……演绎了爱的河水深处的旋流！所以，我们认为这些诗，意蕴的潜在与显在、形式的内敛与开放，构成了巨大的艺术张力。诗人的诗是一条生命的河流，那么它的异质同构的话语形态，也像河流一样，奔涌飞溅，曲折婉转，波澜起伏，悠远壮阔，展现为一道逶迤变化、绚丽多姿的美学风景！

想　象　你

想象你，流云纷飞，接着
有人已骑上西风的快马
形同虚设的西风，形同
虚设的你，有人
为此形同虚设
正因为没有目的
这样的狂奔是多么
浩荡啊！

另外的乐章

一只鹰
正作难忘的飞翔
两只鹰
正作难忘的飞翔
更多的鹰
更多的翅膀

云块越来越近
草原在翅膀下
比鹰爪还小

阴山，祁连山
唐古拉山脉
只是鹰的脚趾
地球像个村庄

一只鹰
在草原上
啄掉一根羽毛

一根羽毛
在草丛里
暗自忧伤

梧桐雨梦

梧桐雨梦（1965—），当代女诗人。吉林人，现居石家庄，就职于某高校。她的诗歌，几乎写了爱情的全部。从相爱、结婚到婚后情感，从爱情到人生。真正的爱情，是对等的，男女各自独立，守护个我尊严，又彼此相互融入，合两性而为一体。诗人站在男女平衡与和谐的立场上，书写爱的感受、体验和领悟。因此，她的爱，实现了从肉体到精神的转化。性爱，是爱的最迷人的形式。性爱的体验，曼妙而神奇。诗人的笔下，性爱也是一门艺术。从疯狂到理性，是爱的深化。现今，由于物质对爱情的介入，只有以冷静和睿智，才能扶持爱的陨落。诗人写道："人心浮动的年代／……相持是危险的／而相爱是险中之险。""此去经年"，生命远逝的悲哀，带来了爱的新的迷惘。如何守护爱？便成了中年女性人生中的又一严峻考验。她问"那些忠于爱情的人都去哪了"，英国诗人叶芝有诗《当你老了》，诗人也有类似的问题："如果你老了我们何不顺水推舟／像无法提防的归隐和落幕。"就这样，走向生命的终极，人可以死去，但爱会在生命轮回中永存！……梧桐雨梦的诗，的确像个湖。她涵泳在湖水中，挣扎，奔突，寻觅，求索，绽放出一朵又一朵生命的浪花。而她的诗的调性、韵味和律动，也像这个湖，有涟漪的柔婉，也有飞涛的激溅。诗人正如“一只清静的天鹅”，站立于大地之上，昂头鸣叫着，然后在幻想中，向着蓝天高飞远举……这天鹅湖和湖畔天鹅的意象，正象征和写照了诗人的生命之爱的姿态和由此而来的整体的艺术风采！

我很小，我背不动它们

我迷恋雪花来临的日子　是因为
大雪可以为一切肮脏事物送葬　而这时
如果有月光照过来　会衬托
更多纯白和美　可你不必急于赶来
每个人的翅膀都飞不过雪　你也不必逆水行舟
有时　冬天也会苍老
一大片一大片衰败的叶子　让你
想起拯救和美德　路面上
有深浅不一的脚印　是两个人并肩走
而不是一个人　是火焰之后理性的灰烬
让一部分地面成为斜坡　你我之间还有什么
不可以冰雪一样慢慢消融？
你就这样抱着我取暖　我还是觉得越来越凉
亲爱的　不是我对冬天怀有偏见
冬天的黑夜太长了　而我很小
我背不动它们

手心里的白

我见到她的时候　她手心是白的
她向我索要武林秘籍　长生药　和不老的

容颜　她想活得干脆　像个女神
或者女妖精

她想拥有一个忠诚的男人　和
一个幸福的家　她想在爱情里
使小性子　摸他的脸
捏他的皮肉　不停地
花他的钱

她手提长裙　款款而立
风一吹　她好看的脸上就有了皱纹
我忍着无尽的悲伤迎向她　我是个虚空的人
我能给她的　除了虚空的慰藉
就是一脸的无奈

王秀云

王秀云（1966—），当代女诗人。生于河北东光，现居沧州。1986年开始发表作品。她的诗的历程走过了“抒情—经验—重新命名”的三部曲。女性诗歌，不是浪漫飘浮的“女人气”的抒写，也不是简单女权主义的狭隘的张扬，而是以女性意识，进入人类共同命运，达成诗歌的真正圣境和魅力：“有一种梦／需要你一生沉醉。”因此，她从出生地的故乡出发，在“长庚”的神性光照下，完成了一次从大地到“珠穆朗玛”的圣洁再重返大地的“神曲”式的精神漫游，灵魂受到净化和洗礼。从此，诗人观照点开始楔入当前现实复杂的生存经验。然而，现实生活的“畏”，繁忙与劳神，又使她不堪重负。于是，她在语言的家园，为自己虚构和命名了一个“马尔克斯湖”：“给一汪湖水重新命名，……／我命名我看到的——／那只活跃的小乌龟，一群灰色的鱼／五只白色的鹅，／云彩的倒影是它们盛大的餐桌。”“我喜欢夕阳下金光灿灿的波纹／喜欢银杏树在水中摇摆不定的身影。”它们如梦似幻，宁静、和平、深邃、无忧。

“我们互相瞩望，哦／那美好的一切才刚刚开始。”如此，她的生命话语之流，从春汛溪水，经激流冲荡，最后归于湖泊秋水的平静与澄澈。诗人之所以命名“马尔克斯湖”，是因为马尔克斯写过《百年孤独》，百年孤独，百年幸福。如果说古代的桃花源是农耕时代的理想国，而瓦尔登湖是现代的人间乐园，那么，马尔克斯湖则是生态文明时代的新的桃花源！

一个人的马尔克斯湖（组诗选三）

一、生生不息的马尔克斯湖

我喜欢这样的时刻，繁华落尽，蓓蕾初绽
向死而生的命运重新走向春天
旱荷的种子，月季的花蕾
眺望的目光停留于马尔克斯的小说
哀泣没有魔法，变不成防毒口罩
逃避没有退路，剑戟林立
你需要自己锻造防护武器
我钟情马尔克斯湖波光粼粼的瞬间
寒冷没有打败过冬的六只鹅
狂风中喜鹊和鸽子飞得时高时低
苦难正在离去，春天来临
马尔克斯湖的一切生生不息

二、阳光照亮马尔克斯湖的那一刻

天一直阴着，假如有神，这是不是他的心情
做好分内的事，然后写字、读书
剪去水仙的腐叶，此刻，这更像一个隐喻
太阳在哪里出来，又会照亮哪里
马尔克斯湖的波浪被一层层点亮
关门闭户，感觉不到风来了很久

银灯万盏，从身边亮向远方
太阳照亮马尔克斯湖的那一刻
我选择忽略那些暗淡的瞬间

三、月亮的光芒是有限的

这是此刻马尔克斯湖的月亮
天上一个，水中一个
夜风吹过，半湖星星点点的光
像被删除又多次重生的那篇文章
需要记住这个日子
人类经历的一切语言都被重新启用
失眠的人都会懂得
天亮在即，万物有声

立　杰

立杰（1967—），当代女诗人。生于天津，现居河北石家庄。她的诗，大多写身边的自然和亲历的日常生活体验，在物我交感中，生长出灵魂的感动与哲思。“在田埂上，我看到了一对蝴蝶／落在闪亮的锄头上／麦穗在扬花，灌浆”，这是童年的眼神，也是生命的童话。“母亲教学三十七年／但她有一个字／是她留给人世的别解”，这个字就是作为女儿的“我”——独立，自由，向上。诗人已近中年，花开花落，收获迟暮，使她回忆起来，更爱自己的“青春”：“她步履轻盈的样子／从校园里走出来／怀里是满抱的书／开心的笑声传过来。”她有时去看海，那海边的长椅：“耐心的，笃定的，等着我的到来。”她来到秋天的古银杏树下：“昨夜一场大风／把银杏叶子铺到了地上//一地黄金。”她甚至“举着一棵芹菜回家”：“她通身碧绿，茎秆儿粗壮通透，叶片宽大／让我在盛夏看到了一片荫凉。”然而，时光流逝如刀锋，也切割得她生命疼痛，喧嚣与浮躁的风习，也可使人心烦意乱。于是，她寻求“宁静”：“一条幽僻的小路／夹在两条繁华之路的中间地带／它有不被扰的宁静／和安稳。”她“从最低矮的地方起身”，“用心感受／一棵树的温暖和慈爱／一片叶子骄傲的理由”。为了疗救心灵，她开始倾心佛学禅意：那“雪人的笑脸”，阳光下转瞬无影无踪，那“檀香珠串”，与佩戴它的人无关，给人的启示是它的原生与自在，而“所有和你擦肩的事物都有因缘”。诗歌写作，人生如旅，话语命名。立杰以素朴、明丽、雅致、秀润的语言，展现了她诚挚、平和而又绰约多姿的女性生命的风采！……

禅　悦

怎么看那个雪人，
她都是笑着的

黑煤球做的眼睛在笑。
白蜡树的叶子做的眉毛在笑。
胡萝卜做的长鼻子在笑。
嘴角在笑。脸蛋上的雪花在笑。
挖沙子的小红桶倒扣在头顶
也在笑。有灯光洒在一侧的脸在笑
没有灯光能照到的半张脸也在笑

我走近她，看到她在笑
我从她身边走过去
回头看她，她还在笑

第二天，我没看到雪人
我在她落座的地方
看到了湿润的草皮

第三条道路

这样的午后。金黄的叶片闪出一条缎带
我知道这么走下去的结局
或者回到起点。或者没有终点。
没有中间地带。

我到了这面海水的身旁
他辽阔、深邃、沉默
把长长的椅子放在身边

耐心的，笃定的，等着我的到来

李　点

李点（1969—），当代女诗人。生于河北衡水，现居北京。2005年开始写诗。她的诗，绝对是日常经验写作，用她自己的话说：诗“让我从庸常的炊烟中，得以过滤和净化，恪守诗歌带给人的尊严”。她写日常生活中的点滴事象、身边人物、瞬间情景，但大都有灵魂在场。“春天来了”，各色花争相竞放，她却忧虑“迷途的沙砾”和“迟疑的蝴蝶”，表达了诗人对青春的恐惧，这里也许叠印着记忆。“清晨，一枚月亮”，涂染着五彩的世界，但把它涂黑，就是人的“深渊”，光与暗，构成了人世间的正反矛盾张力场。“情人节”，她想让玫瑰花开“慢下来”，“赶在衰败之前／及时相爱”，颇有点儿花朵昨开今谢的女性生命的悲哀。在她的笔下，她的“妯娌”，被强迫引产，那妯娌和她娘两代女人残酷的悲喜剧，背后是男权主义的巨大阴影。“爷爷的羞涩”：他抱病“卧床不起”，但他最想念的人，还是墙上那张“女人的黑白照片”，生死之间，真爱不泯。她回顾四十年“光阴”，想变为“婴儿”，永葆童贞。她的“小小的幸福”，就是在群芳烂漫的时节，躲上“小路”，“偷偷写诗”，冷清而高贵。她怀着一颗向善之心，敬畏诗歌，打量周遭的生活，小心翼翼地打开女性内心隐秘的花序，让生命舒展地绽放。她喜欢叙述，简洁、优雅、明快、隽秀，在洁净、洗练的文字中，传导一种特殊的魅力，犹如墨滴宣纸，晕染出留有大片空白的水墨小品。

直接哭了

我能想到最开心的事
是我死了
你风尘仆仆来看我
最好不过的情景
是你一个字都没说
直接哭了

月亮

一枚月亮
斜挂在天空
如果把它涂成红色
它就是一轮红日
如果涂成绿色
它就是一小片原野
如果把它涂成蓝色
它会顷刻隐匿在空旷的天际

如果涂成黑色
它就是一个人的深渊

欢喜之物

深夜的都市和乡村并无不同
喧嚣和繁华降解为远处隐约的轰鸣

从梦中醒来，在黑暗中辗转
苍穹深处，寂静、虚无，令人无法安眠
那里有我的欢喜之物

除了倾听内心平静的低语
我却无从触摸它们

马　兰

马兰（1969—），当代女诗人。生于河北衡水，现居保定。中学试着写诗，大学期间开始发表作品。2007年正式从事诗歌创作。在红尘弥漫的物化与异化的社会文化语境下，诗人坚持自然写作，书写自然，从自然万物中汲取爱的源泉和生命的力量，以图现代人生存的救赎。她写日月星辰、风霜雨雪、春秋轮替，“一个人走在大雪中／仰起脸，读天地间这封长长的信”。在她的诗中，山光水色、花草林木、鸟兽鱼虫，乃至尘埃、沙砾，都是有生命和灵性的。春天，花会笑，草会舞，“路边的白杨树像个孩子”；夏季，禾稼蓬勃，生命升腾，鸟儿欢歌；秋日，叶落归根，“草叶上喘息的秋虫”，大雁南飞的眷恋，就是天上的“星星”也会“眨着眼睛”，连“石头”也都有“命硬”的品格。“我说：大地是爱我的。小河哭了／我说：天空是爱我的。细雨落下来。”万物平等，万类自由。“我”爱万物，它们的千姿百态装点了大千世界；万物爱“我”，丰盈了“我”的灵魂和生命。在自然的怀抱里，“我”“回到儿时，回到故乡”，轻松，自在，安定。神皆万物，万物有灵。大自然以神性的光辉覆被大地，带给人世间以温暖和明亮。“我”与宇宙万物共生，自然就是家园。诗人的自然写作，是灵魂的唤醒、生命的重生。因此，她的诗歌话语，自然、率性、单纯、朴素。其整体艺术风致，则如天上的行云，地下的流水……

万物爱我

我说：大地是爱我的。小河哭了
我说：天空是爱我的。细雨落下来

清晨，黑暗把崭新的一天交给我们
作为早起的人
我比别人多得了一部分

万物爱我
我像孩子一样活着

恩　情

光，斜斜地打入窗子
悬空的舞台
我看到了那舞动——

纤小的尘埃，在光里翻转、飘移
上升、落下　隐去、再现——

闪亮的曲子响起来
万物都消失了，只有它还在

不是美，是在自由里飞
不只是飞，是在光芒里飞

给每一片落叶起一个名字

给每一片落叶起一个名字——
然后，大声地
把这些名字一个一个喊出来

叶子们就会一片一片跳回到树上
树重新有了晃动的影子
我的山岗啊，他又活了

坐在树下的盲人
心中有了一个发光的神

张秀玲

张秀玲（1972—），当代女诗人。生于河北隆化，现居承德。她自 20 世纪 90 年代开始写诗。她从那个大山褶皱里的小村子，走进人们普遍向往的城市。但她仍魂系乡土。她白天上班，夜晚写诗。灯光下，与时光对饮，沉醉于自我灵魂的悸动与疼痛，并唤醒她泥土般宽厚、善良、质朴的生命原乡的词源。父母是故乡的故乡。父亲生前，风里来雨里去。不幸的是“秋风接走父亲”，如今那蓝花瓷的酒壶还在，但已物是人非，“我”“一次次把酒壶捧在掌心里／轻轻抚摸／至今不敢打开那小小的壶盖”。母亲的一生，也是勤苦的。她对子女的爱，是无边的，到了老年，仍为我做“鸡毛坐垫”。她戴着老花镜，手指颤颤巍巍地，一针一针地缝，缝进的全是爱。张秀玲的诗的特质，是真实、真诚。她的艺术修辞，是重新发现一个个原在的生活细节，犹如露珠映闪阳光，汰洗出一派泥土的馨香。她写乡下的《马车》：“车夫粗糙的大手／紧握长长的鞭子／不吆喝也不甩响鞭子／只是眯着眼睛坐在车前／他知道马儿比他更熟悉／那条回家的路。”诗人的主体形象，可以把她比喻成她诗中提到的那株鸽子花树。尤其是蓝色的鸽子花，它像女人忧郁的眼神，望着天地万物，与秋风掠过的时光，脉脉低语和对话。然后，放飞那和平与安详的花朵——清新、刚健、柔婉、深情，带着祈祷和祝福，播撒在天空、大地，最终落入人们的心中……

半壶老酒

父亲走了
那个蓝花瓷的酒壶还在
里面的半壶老酒还在

我经常拿起酒壶
学着父亲的样子
眯着眼睛在耳边轻轻摇晃

父亲听到的是泉水声
喝上一口
再冷的冬天也会满面春风

我听到的是父亲的哀叹
一声接一声穿过房前屋后
压低风中的日子

半壶老酒
半壶父亲的笑容
在老屋的橱窗里对视时光

一次次把酒壶捧在掌心里
轻轻抚摸
至今不敢打开那小小的壶盖

风中的母亲

可是，妈妈
此刻，我除了想你
还是想你

想你站在风中
一遍遍喊我回家
想你弯着身子
抱着青和黄穿过季节
想你攥紧流血的手指
目光里依旧有天空的蓝
想你对着门前的柳树
数着春天到来的日子

而现在，你的身子
就像一根拐杖
每走一步
我都害怕
把大地戳疼

青山雪儿

青山雪儿（1974—），当代女诗人。原名王红芳，生于河北安平，现居冀州。2003年开始诗歌创作。她的诗歌秉持公共空间的私人化写作的社会担当，不囿于一种写法，而是多向度的展开。但其核心意象和主导词根，是“雪”。在即将来临的冬季，雪花开始飘落和舞蹈。它从天而降，洒满人间。“一场雪落在另一场雪上／就足以照亮我的黑夜和白天。”雪掩埋丑恶、污浊与不幸，“一生的雪／也不一定能够／填满／人世的沟壑”。雪夜是黑，但黑也孕育着光；同时雪更多地映射着美善、圣洁与阳光，田野上，一株向日葵，“把自己的一切／全部交还给这片热土／却死也不肯说出／土壤开花的秘密”。她的灵魂是纯洁的：“我相信尘世间的真爱。”她认知：“一片雪／与另一片雪”是平等的，它也是天空带给大地的信息，只有太阳能读懂它，哪怕“只要读破一个字”，也会使整个世界泪流满面……这蕴含着多少人与宇宙的伦理啊！她在生死之间，思考个体的价值与尊严。她看见“三条腿走路的影子”，实际隐喻生存、衰老与死亡。而“死亡是回家”。青山雪儿诗歌的艺术表达，主要是倾诉式和对话式的。她在你、我、他（它）的互动与交流中，使诗人的言说有一种复调的性质。她的诗的体制大多简短、精致，富有哲理意味。她的意象语言，清新、明丽、隽秀，而作为她整体风格和调性内质的，则是淡泊、宁静、平和、高远，就像那雪花一样，在空中悠然飞舞！

黑夜的面颊

我还是去晚了，没有看到那个孩子的尸首
这个世界过于干净，它的干净没有留下
一丝血痕，甚至没有一点点声息
它的干净是那样不真实。一个孩子的呼吸
早已停止，仿佛一座小小的建筑在我的体内
轰然倒塌。死亡不需要解释
死亡仅是死亡本身的一种解脱
我相信这种解脱是身体的，也是精神的
而我再也听不见一枚叶子在风里
长大的声音了。我想着它根部的泥块
想着窗户纸上的那一朵桂花
那被简化了的图案，越来越像黑夜的面颊

我还是去晚了，没有看到那个孩子的尸首

碎　　片

我不认为，它是最薄的
那一块瓦片
我们似曾相识，却
从未在黑暗中相互对峙

它只能是语言
被我摔碎于
同一块石板上

蜂　窝　煤

再也不能这样等下去了
这么多年来
堆积在身体里的蜂窝煤
它们想得已经足够多足够久
现在，我要把它们全都烧了
我要买一个没有远大理想的煤炉子
我要慢慢地烧，一块一块地烧
把血烧干，把骨头烧尽
直至烧光身体里面的黑
烧成一颗闪亮的星

红　莲

红莲（1975—），当代女诗人。原名梁文昆，石家庄人。2008 年开始写诗。诗人在诗歌的精神引领下寻找内心的光芒，坚守平凡生命的骄傲与尊严。因此，诗中不乏黑暗中个体灵魂的哲学体验。她的生存状态一直处于两难的境遇之中，挣扎，奔突，进击与妥协，相反相成，勾画了她的命运。世事如“风”，“它推着你向前／你就向前，身不由己／却不会还手和咒骂”，“时间带走了青春，又送来衰老”。人近中年，收获与迟暮、迷茫与通达、个人自由与责任选择，取得了一个平衡的节点。“清晨，梦散了／意识又将我带回滚烫的生活。”“我喜欢把头发挽起来”，因为“向下的东西太多了”，包括“落叶”、“灰尘”和“泪滴”。“我”必须“向上”，“固执”地过我“弯曲”而有价值的一生。在大与小中，“我”取其小；在高与低中，“我”取其低。但在泰山与鸿毛之间，“我”取其重。至于“爱情”，“我们”曾有过激情浪漫的岁月，如今，“我还有忠诚”“我还有爱”“隔壁睡着我的儿子”“我还有一个心愿”，写一首很棒的“爱情诗”。她依然珍视友情，送米兰给朋友，因为自己喜欢米兰，借此表达对友情的珍惜，米兰在，如自己相伴朋友左右，有了君子之风。诗人在天地之间、生死之界，于困境中张扬顽韧的生命力量。于是，她坚持要做一枝出淤泥而不染的“红莲”，卑微而高贵。诗人的写作，遵从自己的内心，面对纷繁复杂的生存事象、美善与恶丑，敢于面对，知性化解，坚定为生活言说。她的诗性话语，像荷花一样，临风摇曳，素洁、清润，优雅中有几分犀利！

绾

我喜欢把头发挽起来
是因为
向下的东西太多了。

向下的落叶，向下的灰尘，向下的风
向下的泪滴……

都在向那片黄色的土壤里去

还有向下的食物
向下的乳房，向下的手臂，向下的指尖……

啊，向下的东西太多了！
我必须把头发挽起来，好让你知道
我低低的一生
也是固执的一生，是可以弯曲的一生。

大 与 小

小时候，
我总想写大字，干大事

做大人
去一些大的地方

现在我不会了。
我渴望小，变小
看小蚂蚁
听小情歌
过小日子

我再也看不惯大的排场
和事物，也做不了
大的梦
悲痛时，也发不出大大的哭声

云　水

云水（1975—），当代女诗人。祖籍四川成都，现居沧州。2006 年开始写诗。人近中年，从青春期写作的葱茂、繁丽，已进入写作的秋季。生命处于收获与积累、迷茫与洞彻、个人自由与公共空间相对平衡的节点。她告别即将逝去的青春："所有的花朵都是流逝""远了，一切都远去""我想要慢下来／花朵即流年"，颇有点儿昨是今非的叹惋和悲凉。"一个人的秋天""无非是眼睛和飞鸟／无非是日出日落"，红叶飘零，飘进窗口，带着些许缱绻和依恋。她孤独地栽下的桑树，对着她的孤独。她遥想"我的远方"，"是一辆绿皮火车可以抵达的""恍惚可见山河温婉，草木善良"。秋色深深深几许。她寄情于花卉、湖水、明月和冰雪。"我深爱这一刻／当我坐下……／月光正好落下来／一朵荷和一个人，看上去／多么相同"，湖水映月，物我两忘——"天人合一"。"一场大雪正在窗外被晚风敲响"，而"围炉小饮，踏雪而歌，更成一片空茫，或者是美好的信仰"。飞雪漫天，大地安寂。诗人写新诗，也写古诗。她的诗歌话语方式，既有日常口语的生动，又有古汉语的典雅，更有现代汉语的形象深度。其词句应和着内心的波动，跳脱流连、起伏有致、委婉多姿，表现了一个现代女性的光彩丰盈的生命情调。诗人的整体艺术风致，正如她的名字：那流动飘逸的云水，在自由舒放中，掠过秋林，漫卷长天，转瞬间充溢辽阔山河，浸润出一片素朴而光华的优雅与澄澈……

所有的花开都迎向你

三千多米的天空
白云被风吹开、吹散
从一千朵到一朵
穿过机翼的样子，恍惚而陌生

那是开在旷野、竹林、月下的
那是晨曦之间、山水之间的
我们一起遇见
采撷
收藏
沾满花香的蝴蝶，那么久了
还跟着

而所有的花开都迎向你
那些花儿和她带来的春天
曾经
我也以为，流自于我的内心

在 路 上

三月打开它的笼子
每一条路上
都有几个被放逐的人，面色平静
内心汹涌

有人模仿布谷鸟的叫声
有人开花朵
有人询问溪边的鱼，还需要些什么
在明亮之间
吹拂着大有深意的风

我喜欢这样的行走
春天这么大
爱的人越来越少
我愿意多认识一些草木，多认识
一些和十指相近的地方

我喜欢这样走下去
像一个永远不肯悔过的人
身后是辽阔的孤独
前方空茫茫的一大片
那是你，那是故乡

深谷幽兰

深谷幽兰（1975—），当代女诗人。原名刘慧敏，生于河北阳原，现居蔚县。十五岁开始写诗。诗人对兰，情有独钟。虽然诗歌并不总写兰，但大部分诗作都浸透着兰的品性、兰的气质、兰的精神、兰的风韵。兰是中国古典诗歌中的原型意象，它本来是自然花草，素淡而不妖，进入诗词中，便被赋予了端庄秀丽、清奇雅致的人文色彩。到了今天，诗人以兰写自我生命的情致和心灵的气度，更表现了一种独绝而丰沛的艺术风采……在她的诗中，兰是素雅的："月光将所有的故事／从窗外投影在屋内的墙上。"兰也是幽怨的："那一枚枚飘落的花瓣／抒写着我无尽的／乡恋。"兰更是高贵的："保持着固有的距离／怕心的乐符滑落尘埃／砸碎高贵而美丽的宁静。"兰的生长，从春到秋，经年不死。它"从唐诗宋词中来"，如今"站在季节的村口／吹奏一把时光的长箫"。它融汇古今，拓展了深邃的审美时空。于是，在山水间，"用幽兰的花瓣／做爱的殿堂"；在风雨里，挺拔起生命的领悟，"当忧伤穿过我的肋骨／让长发挽住梵音”……她是诗的女儿，也是兰的女儿。在安闲、静谧中，尊重生命，“品一世芳菲如兰”……诗歌的整体意境，正如她的名字所昭示的：山谷岩石中一枝优雅的兰花，它临风特立，绰约多姿，月光脉脉，溪水潺潺，月映花影于水中，淡淡的清香弥散在天地间，如梦如幻，如泣如诉，宛如一幅朦胧的画，又似一曲哀婉的歌……

为母亲剪发

我手中的剪子，在娘的发梢游走
窗外的太阳，从云中探出头
像是被剃度了一样
院中，爱人手握镰刀
割着又长高的蒿草

手捧，被我剪掉的发丝
就像，我又一次把母亲的岁月剪掉一截
走出屋，风从头顶吹过
吹过母亲小院的草，也吹过屋顶的苔藓

背起母亲

冬天的风刮得紧
母亲趴在我背上，用枝干般的手为我挡风
我的步伐不敢太快，生怕
一不小心，颠碎了，那片
依附在我背上的枯叶

母亲的呼吸渗透我的肩头
脚步不敢快亦不敢慢

我怕，怕风更大
刮走了，我背上的
母亲

兰

天空，云朵，因你而舒展
潜行于土的根和水，一脉相通
淡淡的色彩，是骨子里的，不加修饰
素雅，却有金子般的声音

集天地精华，回眸仰首
便是一阙柔情清词
骨骼摇曳，在季节深处
时光的脖颈，任你钩住

清香，只为此生
淡雅，荣辱不惊

李　磊

李磊（1981—），当代女诗人。生于河北内丘，现就职于河北省作家协会。2009年开始诗歌创作。她的诗也写日常经验，但她日常生活的精神世界丰沛、充盈。从乡村到城市，生命体验的断裂，呈现了乡土的安稳与都市的浮华的巨大反差。她有过亲情的温暖：“母亲手捧着教案，轻摇蒲扇／药锅里，咕嘟着水泡／奶奶喝了这服药，／也许就挨过了这个冬天！”她对峙城里的喧嚣与虚伪，陷入一个人的战争：“推开窗，空气里弥散的浓烈的浊气”，让“爱与恨，是与非”的界线越来越模糊，但她仍坚守着自己“思想的城池”。她仰望长天，一场“大雨”消歇，她为“飘过的乌云”而“忧伤”；冬日来临，“生命里闪亮的青春激荡”，瞬间“开始降温”，“凉意渗进骨头最隐秘的缝隙里”。她在一尊石佛面前，读出了“石头本有的灵魂／镶嵌在经文里。削成利箭”，射向人类心灵的时空。于是，她赶紧“双手合十，默念经语”。她也有“失眠之诗”：相爱时痛苦，孤独中智慧。李磊的日常书写，往往能穿越个人经验而把个别事件提升到寓言性的高度。一辆驰行于隧道的列车，诗人对人们睡与醒的“惊恐”，隐喻了一个时代的光明与暗影。诗人李磊，为人谨慎，工作勤恳，但喝酒、写诗，却有点儿任性和狂放。她的写作，不是表面的流连光景，而是日常中生命本真的揭示。因此，她诗歌话语的品质和风致是坦白、真诚，低抑而冲腾，纠结而开放……

沦　陷

天空和大地，分辨不出边界
心事在身体里盘旋，苦闷在黑夜里集结
雨、风、霾尘，以及深夜里独醒的人
这些在世间盘旋的罪者，等待着审判

诗集里摇晃的，并非是人间疾苦
还有幻境里重生的精灵族
战争结束，还有下次的纠葛
彩虹出现，只是瞬间的美丽

已经凌晨三点三分了，霾雾凝重
推开窗，空气里弥散的浓烈的浊气
再一次感受阴与晴连接的气息
爱与恨、是与非，分割线越来越模糊

天亮前的时刻，怎会如此不安
我思想的城池，我坚守的信念
终于还是开始沦陷……

致阿多尼斯

我之所以露出哀伤的眼神，是太阳的光芒
逃向大海的深处，恶魔般的海啸吞没了温暖
高山不再耸立，树林里传来的不再是知更鸟的叫声
“在明天，蓝色的光会照亮我的小阁楼”
我甩开疲惫、卸下面具，在太阳升起之前
在神灵散开之前，逃离
逃离布满腐烂衣衫的城市
哭泣、抽打，可能只有这样
才是“淋漓”，才会摧毁没有重量的肉身
潜逃、纵火，或许只有这样
才是“纯粹”，才会燃烧已经沉沦的思想
我用语言和格式，罗列爱情和苦难

艾　蔻

艾蔻（1981—），当代女诗人。原名周蕾，生于新疆，居于河北，国防科技大学毕业，就职于某军事院校。2002年开始发表作品。她的诗，大多为军旅写作。在军人的世界里，女兵也是一支重要的组成，她们与男兵一起共同支撑起祖国的蓝天。女兵也要“夜训”，站姿、卧姿、举枪、瞄准，微光下，“练成鹰的眼睛”；也参加战备演习，“唯一的女兵”，与一队男兵挤坐在战车上，她握枪的手，同样是威武的见证。尤其是“换装日”，更有一种庄严的“仪式感”，那飒爽的英姿，仿佛是战斗的登场与亮相。当然，她们也崇拜英雄：“雷神”和他的战友们，在排雷中，那不畏牺牲的命悬一线的爆炸，实现了山河家园的“救赎”。所有士兵，都挚爱脚下的这片辽阔热土。“世界原本风和日丽”，那精灵的“燕子”在柳丝间穿行呢喃，那一望无际的大平原上翻卷着麦浪的金黄，那草棵里的“蚱蜢”，花丛中的“蝴蝶”，还有那月下柳荫，流淌着的“湖水一样波光粼粼”的爱情……战争与和平，灾难与幸福，存在着相互转化的历史辩证：只有准备打仗，才能守护世界安宁。诗人的诗，像一只只洁白的信鸽，在寥廓的天宇旋飞曼舞，哨音声声，为人类世界传递着永续和平的福音！她的诗，柔美而坚实、细腻而奔放。她时常来到女红军的《雕塑》面前，那肃穆的历史定格交叠着她敬仰的身影，不但昭示军魂的血脉传递，而且也形塑了她主体人格的形象。

幻 灯 机

天鹅浮游于湖面
起飞之前
它搅碎了自己
水中的倒影

比利牛斯山南部
鬼兰蛰伏多年
山毛榉腐叶扮演魔法师
托出丝带般的根须

鸟类把自己带往古巴
五岁的小孩望着窗外发呆
他知道这世界
是个巨大旋转的球体

雕 塑

鲜亮的藤蔓布满战争遗址
雕塑立在林荫道尽头
她站直身子
如少女时代的长发垂悬

鸟鸣中夹杂着轻微的枪响
这当然不是考证历史的方式
人们永远无法获知
年轻的战士最后一次倒下的姿势

几乎散架的战地担架
躺在上面的人，想要活着回到家乡
她替他堵住了伤口
捧出煮熟的粮食
他吃了几口，胃疼了很久

曾经，他是她的小男孩
眼睛明澈，嘴巴倔强
下葬时，他好像睡着了
沉重的头颅
倚靠在柔软的肩膀上

刘兰松

刘兰松（1936—），当代诗人。生于河北吴桥，现居承德。他的诗歌创作从20世纪50年代起步，至今已然走过五十多年的历程。如果我们深入刘兰松的大部分作品，就不难发现他诗歌创作的内驱力，导源于他的赤子之心。他的诗，既不割断传统，又勇于创新。他写，“母亲的目光／是我心上的一抹灯亮／我无论遇到怎样的黑夜／她都会照亮我的前方”；他牵系着孩子们的成长，“巴掌大的广场上／竖着高高的信念／每天清晨／孩子们在国旗下迎来第一轮朝阳”；《大沙漠》一诗，以浩瀚大沙漠的景象，表达诗人的历史性情绪，把人世间的一切污秽——权势、排场、压制、排挤，让大沙漠“扫尽淹没”。诗人生命主体的构建和纯洁心灵的敞亮，标志着他的创作抵达了成熟。此外，所在地的文物古迹、自然景色，海外萍踪、故国情怀，以及人生价值尊严的寻绎等，都表现了他对社会的关注，对祖国振兴的一往情深。诗之所以为诗，诗的纯美追求，永远是题内之义。刘兰松诗的风格，可以引《武烈河源》一诗作为隐喻和象征：“我贴着那块巨石／照了一个相／武烈河源／便永远地流在心里了。”武烈河是承德的一条母亲河，一方水土养一方人，诗人长期生活在这里，也受到了武烈河的滋育。因此，他的诗歌既有山石的坚硬，又有流水的柔美。这就生成了作为诗人生命本质表征的、独特鲜明的、质实而又婉转的艺术风格！

他从苹果树下走过

傍晚有一个小伙
从苹果树下走过
嘴里哼着《十五的月亮》
心中像撒欢的小鹿一样快活
突然他“哎哟”一声
不知从哪里投来一个苹果
他捡起来啃了一口
像咀嚼着初恋的爱情
甜得直打哆嗦
他回头猛瞅一眼
藏在树间的姑娘笑声咯咯

枣

七月的枣
　　点红了
八月的枣
　　满红了
姑娘的脸
　　通红了
小伙在她背后
　　把辫梢拽疼了

梨花姑娘快要出嫁了

梨花姑娘快要出嫁了
她银装素裹成白娘子
微露着绯红的脸颊
踩着山泉叮咚的旋律
急步登上后山那三棵梨树的身边
因为一个年轻的棒小伙
正在焦急地等待着她的到来
梨花姑娘的睫毛一闪
便扑进他火热的怀抱
这时
有一股春风从此走过
偷偷把他俩的悄悄话窃走了
不小心
碰落了一树梨花

徐淙泉

徐淙泉（1946—），当代诗人。生于河北安国，现居衡水，解放军南京外国语学院毕业，曾在部队从事新闻、文化工作。他写过很多诗，但较为集中的内容还是关于他的家乡。战争年代，这里是一片血与火的热土，在这土地上，洒过他父辈的鲜血。他写《我没有见过他》，以他妻子为原型，父亲牺牲时，她还没有出生。但看着留下的照片，她突然想："他就是我／我就是他／我就是他的财产／我就是他的希望。"言出肺腑，情发心底，感人至深。以此为历史背景，诗人的乡土书写就有了别一种的深情和另一番的意味。"我是这坷垃堆里长大的／我是乡亲们看着长大的。"他写"母亲"："你站在田头／望着九月的成熟／任遥远的来风吹动头发与衣襟／有收获的喜悦闪在你昏黄的眼睛／有思念的痛苦爬上你深深的额纹。"他写谷子，就是压进枪膛的"小米"；他写"高粱"，就是挥舞着杀敌的大刀。但诗人也并不总是沉湎过去，他也看到了家乡的新生活、新景象："有风时时陪伴的故乡　穿裙的故乡／盛产粮食和温情　我端坐你发烫的手掌／故乡的灯里好梦连连／影子如画贴在千年老墙。”诗人以生命体验的方式抒情，真挚浓烈，亲切自然，有一种很强的感染力。而他的自我形象在抒情中站起来，显示了诗人诚恳、质朴的人格风范！

老　桥

新桥身边，一座老桥
坚强地踏过河水
他努力的姿势让人感动
也足以让人羞愧

是想竖起那些折断的栏杆
还是重新挺直腰身
不只为滚动的车轮
和乡村朴素的风景

过了桥是个下坡
拐向温暖的村庄
长得漂亮的姑娘们
乐于走那座新桥

我当这样对自己说
走这座老桥吧！走一次
拆掉之前
再给它一些欢欣

人　　间

由谁来收拾这世俗的人间
让雨湿润春天的唇，夜点亮不熄的灯盏
哪一片美梦开花，果实芬芳
什么风吹散忧伤的云烟

由谁来收拾，苍天啊
睁大你另一只明亮的眼睛
看我们心脏如何跳动

踏着零落的花瓣走遍世界
何来这多摧折的树和丢弃的尊严
睡前思念失去的爱情
早晨欣赏台风和覆船

苍天，看我的血液流动
空有大河的涛声
我的短短的枯黄的诗篇里
没有七月呼唤的雷雨和闪电

逄　阳

逄阳（1946—2017），当代诗人。原名刘根来，河北张家口人。1963年发表第一首诗作。他的诗歌创作，是当时所谓的田园牧歌，欢快中藏着喑哑。到了新时期，历史的波荡唤醒了他沉压的生命激情，令他再度迸发了艺术的青春。于是，他从塞外的沙漠走向蔚蓝大海，把灵魂交付给大海，让它与海浪一起澎湃。一个人有过蓝色的梦幻的海洋的童年，但因为命运的捉弄，他走向了青春的荒凉的沙漠，经受了风沙与寒冷的熬煎，现在他回到了海边，按捺不住心潮的激动，然而，在往返冲折的思绪纷纭中，他平静下来，陷入深思，最后通达地举起酒杯，淘一杯海水，祝愿那荒漠生长出绿色的希望。他写道："大海，我要走了／带去你包容万物的宽广／带去你潮流浪涌的力量。"从对海的向往到对海的告别，我们看到了一代青年从幼稚走向成熟与坚强。《礁石》《思念》，是他大海情思中泛起的两朵晶莹的浪花：生命的挺拔，思绪的绵长。在艺术上，诗人一改过去的外在描摹，而较多采用隐喻、暗示、虚拟、通感等现代的艺术手法，在物象与心的交感中，追求物我合一的效果。这样，“叹息”能够“滚动”，生命“用叶子发出邀请”，“红柳的枝条摇甜了辣味的风”“天边有一弯新月的晚上／夜露的思绪一闪一闪”……在这里，诗的意象不再是平面的而是立体的了。逢阳这些诗的风格是单纯中见深厚，舒放中透一股秀逸。

没有酒的日子

没有酒的日子很淡
淡得像一抹
可望不可即的春山
像一杯
没有颜色的清茶
翻开书
有一搭无一搭地读几页
还是没有翻开书时的心态
如同在散步时
随便踢飞了几粒小石子

有时也想写诗
心却像铺在面前的信纸
平平的白白的
如同刚刚落过雪的原野
要是有一行脚印
就能打破这沉寂

没有酒的日子
是个没有打扮的姑娘
或浓妆或淡抹
总还是有一点儿装点的好

没有酒的日子很淡
可有人说
淡也是一种味道

谷　穗

经历了太多太多的痛苦
终于走向了成熟。
你把头深深地低下了，
你把那深情的吻
印在了大地的胸脯。
果实剥落了，
那可不是悲酸的泪啊，
那是希望的珍珠，
有啥比这更珍贵呢，
春风春雨呀，
请接受这真诚的托付！

曹增书

曹增书（1950—2008），当代诗人。生于河北平山，读高中时入伍参军，复员后到石家庄工作。1974年开始发表诗作。作为一个诗人，他的才能是多方面的，并且同时向几个方向发展：寄情小札，游历纪感，城市日常写实……但真正代表他的个性和才华的，还是那些感受时代、沉实地弹拨现实脉搏的诗作。1982年，是曹增书创作丰沛、成绩卓著的一年。作为标志的，是这一年《诗刊》第10期上发表的他的力作《中国，正站在脚手架上》。这首诗发表后引起了广泛关注，也得到了评论界的肯定。诗歌评论家杨匡汉在《新时期文学六年（1976.10—1982.9）》一书中这样提道："曹增书的《中国，正站在脚手架上》，以一幢特殊的全优工程为典型场面，把握并展现了励精图治、振兴中华的现实。"在这首诗中，"脚手架"成了历史走向的现实方位。过去与未来在这里连接，战歌与恋歌在这里齐唱。"理想啊，正被夯实，生活啊，正在拔节……"诗人站上了时代的脚手架，通过激情与理性、严峻与自豪的融汇，把对时代的歌颂凝成一个中华民族自立于世界民族之林的愿望和心声：“十万万只喧腾的信鸽，正把磅礴的春讯传遍整个世界！”此后，诗人还创作了很多同类诗作。诗人寻求使个人的心灵在宏大抒情中赤裸裸地照面，追忆领悟历史文化潜流，流连人生光景，为当下的社会生活体验注入清润畅朗的生命元气。他的话语方式，既不夸张，也不矜持，轻逸与浑厚融为一体，犹如风雨之中的宁静、海底深层的浪涌，内外冲折之间，形成巨大的审美张力。其整体艺术气象是质朴而又灵动，沉实而又大气……

夜过黄河

静夜里，看不清黄河的姿容
一颗心，却在激流里跳动
一个窗口，一个漩涡
浪花，溅湿了多少沉甸甸的梦……

我是喝黄河水长大的
儿子最难忘母亲的叮咛
此刻，我和她都在追赶黎明
轮声、涛声，互道一声珍重

潮湿的风，像母亲沾满汗渍的手
航灯闪闪，可是她凝神亲人的眼睛
哦，一节车厢，一个温馨的摇篮
晃动它的，是一个民族的憧憬……

品　茶

朋友来了，沏上一杯茶
细细地品，慢慢地聊
话浓时，茶也淡了
于是送客

走出屋子，看夜空的月亮
像一只白色的茶杯
满天的星星
像一朵朵永不褪色的茶花
浸透了许多清香的话题

白色的茶杯
静静地伫候在那个角落里
蒙上灰尘的日子
需要朋友的慰藉
我每天都要擦拭那只杯子
让杯子保持洁净
已成为我的习惯

刘晓滨

刘晓滨（1950—），当代诗人。生于安徽巢县，现居唐山，毕业于廊坊师专中文系。他的诗歌创作起步较早，但创作旺季还是新时期以后。他重点在两个方面进行了思索：广泛拓展题材界域；由外而内，反观自身。这就造成了他诗歌内与外、虚与实相反相成的艺术张力。他参观中国画展，看画上的“奔马”：“就这样，一个故事开始了／从黝黑的羁绊和色块的重压下／从死亡和饥饿的深渊里／腾飞着剽悍，腾飞着骁勇，腾飞着渴望。”一匹骏马，在诗人的幻觉中，挣脱画面的线条和墨迹，扬马奋蹄，向人们奔跑而来。“艺术—虚幻—现实”，这个故事，表达了时代的“龙马精神”。他经历了唐山大地震，见证了生与死，也感动于人与人之间的相互救助与扶持。但他更看重的是，重建一个世界上抹不掉的新唐山所凝聚起来的生命力。不屈的唐山人，日夜奋战，生死拼搏，新唐山拔地而起。重建后的唐山市中心，有一处凤凰公园，公园中耸立着一座凤凰雕塑，它与唐山地震纪念碑遥相呼应，象征着唐山的“涅槃”与“重生”。

这是一种纪念，也是一种永久警示：“只有游人们仍在不断地游来／游来了又走游走又来／无法知道他们带来了什么又带走了什么／只知道这里有流动的笑声也有流动的沉思。”这首诗，思想开阔而又集中，形象具体而又空灵，启人深思，发人警醒。这正体现了诗人所追求的艺术风格！

1992年6月5日·芒种

——写给爱人

进入你
如进入一支歌
十五年的目光
是一把橹，静悄悄
将我的执着
划进你的心窝

你的柔情似火啊
我不敢下水试足
唯恐踩乱岸边的芳草
碰碎一池的天光
（沐浴在你似火的柔情中
我战栗，激动不已）

血液里长出来的欲望
是燃烧了十五年的火焰
这是个收获与播种的季节
一个声音在无休止地呼唤
你我的名字
（得到爱情，只需一瞬
这一瞬，却要用
一生的光阴填充）

握住你缱绻的情意啊
我的心里充满了农事的喜悦
仿佛布谷鸟一声嫩绿的娇啼
正飞自你含苞欲放的花蕾

靳亚利

靳亚利（1952—），当代诗人。河北辛集人，现居石家庄，毕业于廊坊师专中文系。他的诗歌创作起步较早，20世纪80年代的代表作是组诗《幸福和不幸福的混血》，反映城市下层人们艰难与悲惨的人生；20世纪90年代后的诗作，大多写城市的日常生活和自己的心绪。城市有城市的美好，这里，有繁华的“街区”、便捷的交通，广场上耸立着披满阳光的“雕像”，也有“寻觅”爱情的女孩、骑单车的少年和“花花绿绿”的驱赶冬天的“雪地鞋”。城市有城市的历史故事，那些“矗立的高楼／蓬勃的花木”，都是“扎根淌血倒下的生命里”。但城市也有不尽人意的地方：堵车、停电、隔膜、染着铜臭的“手术刀”、橱窗里没有生命却总在笑的“模特儿”……斑斓与灰暗同在，进取与失落并存，这就是城市生活的脉动和节律。面对这种文化历史语境，诗人登上了“十四层高楼”，感到孤独与晕眩，他向天发问：哪里是既享受物质又抗拒异化的人性救赎之路？他渴望“精神返乡”，但故乡渐行渐远；他守护“内心”，但内心抵不过欲望诱惑；他紧握“爱情”，但爱情已蜕变为等价交换。他工人出身，最终还是从工人兄弟身上——“额头沁出汗珠，眼睛里闪着惊喜”，看到了平凡人的劳动与创造的人生价值。于是，他走出工厂：“那天，我离开炼钢炉前的一瞬／我的去向有了选择／我采撷一朵红钢花／……点燃我的智慧，诗歌的花儿／从此，摇曳在它们的门庭。”他的诗魂仿佛城市上空一只放飞的鸽子，唱着哀婉而明亮的歌声，徘徊于物质与精神之间，为人类画出一道现代文明的七彩长虹！

秋天，诗歌

在这收获、入仓的秋天
诗歌是孤傲的野菊
笑迎着扑面的冷风
热烈地摇曳开放着
无拘无束地吐着芬芳

在这陶醉、迷茫的季节
诗歌是晶亮的钢轨
面对着无边的旷野
挺直着心中的信念
坚韧顽强地铺向远方

金黄之后的雪白，热烈之后的冷寂
秋天，诗歌深沉、警醒、坚强

相　　信

纯净的品质，天赋的才华
像金锚般在岁月的河流中深潜
双帆船起航，愿景辉煌彼岸
坚定信念，破浪勇往直前

哦，毋庸置疑，该来的
都会如期而至——
杰作、桂冠、友谊
功勋、光荣、爱情

飞驰的双帆船，弘扬着奋斗、求索
流淌的岁月，怀抱着所有一切
哦，相信执着的自己
哦，相信无欺的岁月

刘松林

刘松林（1952—），当代诗人。生于河北任丘，现居石家庄，毕业于石家庄高级陆军学校。20世纪80年代开始文学创作，写散文诗、军旅诗。20世纪90年代，他找到了自己诗歌的“矿脉”，进入了现代乡土诗的创作。“梦里平原”，这里的“梦”，是回忆，是童年情状的回眸与想象，所谓梦回生命的原初。在乡村长大的孩子，有谁没有倾听过池塘里那此起彼伏、沁人心脾的“蛙鼓”？有谁没有仰望过静夜中那“把安详举上榆树梢顶”的金盘般的圆月？有谁没有领略过晨曦下那辘轳汲水浇园的清凉与滋润？即使是秋天“雁阵远去”，也使人感受一种新奇；即使是喜庆时吹响的“唢呐”，也使童年经受全身心的震颤……正如诗人诗中所说：“这是那个梦。梦里／最为澄澈透明的部分／你朝里一探头就会瞥见／一个古老的主题。”这一主题是田野禾穗孕育的渴望，是母亲苦熬中充盈希冀的眼神，是生命内“一如清水般干净”的血液，是人的生存目标的“简洁与明朗”，是灵魂深处原始的“磷质”与生动……这一切都保有超越时空的永恒久远的精神魅力，也构成了人生最宝贵的基元和质素。这一主题是古老的，也是现代的。特别是在当下物化与媚俗的风习下，它无疑是一种灵魂的支撑和人文的诉求。他的这些诗，以日常审美感觉为基点，弹射出更多的想象和思绪，由感觉幻化出一系列变动迷离的意象。因此，他的艺术风格是悠远充盈、云蒸霞蔚，犹如古朴雅致的洞箫，在大平原上空婉转悠扬……

大地寂静　村子安详

大地寂静　村子安详
袅袅白烟　于一片青黛深处
漾出恍若隔世的苍茫

阳光洒下金针　雨丝落下来银线
生活　总似脚下浑淳泥土的色泽
半是甜蜜　半是涩涩忧伤

草烟般飘缭的民风把感觉推向古远
赭黄的英豪气节　在天地胸臆间生涌
一只冥冥巨瞳里闪动箴言与神祇的幻影

鸟巢是村庄挂上树顶的邮箱
几片坑塘边的秋凉黄叶
也会在你虚渺的梦中落出声响

心　魄　魂，命定要搁在这里了
黧黑墙龛里的灵牌，老梢门上慵懒夕光
像一棵草、树用根须撑住广袤平原一样

流　　萤

缥缥缈缈的小灯笼
晃晃悠悠的小灯笼
领着安谧和夜晚的小灯笼
朦朦绰绰的光，走过树丛
坟茔　河滩
一闪一亮地映着觅着寻着
你掉落了什么丢失了什么呢

青蔓草味儿的灯笼
水蓼花味儿的灯笼
土腥汗息烟岚味儿的灯笼
童话味儿的灯笼
那个追着流萤跑的孩子也是盏灯笼么
灯笼即使再小
光亮即使再弱
也能瞧出一个麻麻花花的颜容

郑道远

郑道远（1952—），当代诗人。生于内蒙古通辽市科尔沁区，蒙古族人，现居秦皇岛。中国作家协会会员，曾任秦皇岛市作家协会副主席、诗歌艺委会主任。1987年参加《诗刊》社举办的第七届“青春诗会”。1980年在《诗刊》第2期头题发表《庄稼之歌》，引起诗坛广泛关注。至今已出版诗集九部，作品多次获奖。退休之后，又创办了秦皇岛海子纪念馆和中国诗人角，继续书写他的诗性人生。他的诗根植于泥土与草原，有泥土的厚重，有草原的广阔。他的抒情诗，抒发的是对大地的赤子之恋，是对生命的精神之感。“而我却要放开嗓子为它歌唱，／唱它是万物之首，天地之尊！”在诗人笔下，那庄稼就是生命之源，“没有它，院落也只是一处处墓场，／没有它，高楼也只是一座座荒坟”。而那“一碧如洗的早晨”“神秘深邃的黄昏”就是诗人心中的大草原，它神圣而辽阔，可以“把一个民族的信念／高悬在草原上”。他歌咏一棵长相奇特的树“不在意别人的赏识／活的是顽强的自己”；他感叹一座残庙因为种上了五谷，因而“比先前更加庄重”。这是一种朴素而又深沉的生命意识与人文关怀。他善用传统意义上的比喻与排比，让诗歌语言呈现出一种阳刚之气。他的诗行中始终弥漫着一种炽热而又滚烫的情怀，那里面是对生命之根的坚守、对民族之魂的寻找。

怪　　柳

你没见过这样的柳!
沙漠里
东一棵，西一棵
有的立，有的卧

有的枝条倒竖
怒发冲冠
有的树干斜躺
盘龙卧虎

身躯扭曲
怪模怪样
布满泪眼
狰狞丑陋

一群伤兵
聆听长官训话
心不在焉
做着各种小动作

不管经历多少战斗
活下来就是胜利
不管受到多大戕害

能站着就是精彩

你没见过这样的柳!
颠覆你所有柳的认知
沙漠怪柳
有自己独特的坚守

不在意别人的赏识
活的是顽强的自己

晓　歌

晓歌（1955—），当代诗人。原名周长锁，河北大城人。他的诗歌创作从1977年起步，至今已出版多部诗集。回眸和检视诗人的生活和诗歌之路，发现他的人生寻绎和诗艺求索走过了一个“之”字拐的历程，即正、反、合。诗人早期诗作，犹如他家乡的“小河”，承载着农时的一年四季、农事的耕耘收获，以及农民的日常生活，潺湲而百折不回地向前流淌。《我是小河》：“为什么小河同我一样／饱经风霜仍有一颗年轻的心？”然而，“小河”从20世纪80年代流进90年代，由于经济大潮的汇入与冲激，出现一股焦灼、浮躁的旋流。此时，晓歌自乡村到县城工作。在城乡现代化相融汇的文化历史语境下，诗人落入了进退失据的迷茫的生存窘境。他感到孤独与寒冷。于是，《冬天，我读诗取暖》，营养心灵；《三月，我与梨花为伍》，澡雪精神。自然四季，对应人的童年、青年、中年、老年。诗人已逾“耳顺”，退休后，重回故乡。乡土上，清风明月，老槐炊烟，还在；庄稼牛羊，风俗时令，犹存。尽管城镇化改变了村容村貌，但普通物事、田园风光，并没有根本的变迁。还是那条“小河”，河水中映现了他自己的身影，心灵愈加澄澈和敞亮。迎接日出日落、鸟啼云飞，谛听玉米拔节、牛羊吃草，这是多么自由和美好啊！这使人们想起了佛家修炼的“三境界”：看山是山，看水是水；看山不是山，看水不是水；看山还是山，看水还是水。这正好切合诗人创作的转化过程：在乡—离乡—返乡，不仅写照了他人生之旅的三部曲，也演绎了诗人的生命携诗意往返冲折、向上攀升的审美螺旋，并由此造成了他诗性话语弹性与张力的辗转生成，其艺术风格也从自然素朴，转为绚丽变幻，最终归于恬适淡远！

春天的一场及时雨

小河来水了
就好比春天的一场及时雨
令无数乡下人激动不已

作为农民的儿子
此时，我的心情
像小河水绽开的浪花
慢慢融进了自己的身体

小河两岸有多少亩土地？
小河水又能浇灌多少良田？
这一切都装在胸中
我还要告诉自己的子孙

黄昏的小河

黄昏的小河异常平静，
河面如湖水。
我如实地映在上面，
我的前方是残阳。

水里的我陷入沉思：
那些鱼都到哪里去了，
是钻到了水底，
此时，它们在干些什么？

是在休息，
还是像我一样：
在观水景。
观水景的我，心情并不平静。

姜宇清

姜宇清（1955—），当代诗人。河北沽源人，长期从事高校教学。他从小生活在坝上，对那里的风土人情有着深切的体验。他的乡土诗，既不事激越的张扬，也不做低抑的哀叹，而是在沉静如水的心境中，以平实、客观的笔调记述着那曾使他刻骨铭心的黄土地上的人生。诗人的根扎于黄土，当他打开封存既久的记忆，就油然而生一种感恩、感激之情。小时候，跟父亲学下种甩籽，他“教我怎样把每粒籽种甩得匀称”；上学前，受母亲的启蒙，她“出了第一道算题／‘三猫六兔九公鸡……’”。他记得，五岁的无知，九岁的顽皮；夜晚的油灯，黎明的鸡啼；寒冬时的白泥火盆，夏季里浇菜的水渠；还有矮墙里的瓜花、野地……土地与人的关系，是与生俱来的。姜宇清的乡土诗，着力表现了人和土地的神圣的亲和关系。“对着麦／他躬下身去／又站起身远望／成熟的麦垄／是梦想的神经／他竟有点儿／下不去手了。”诗人是农民的儿子，秉承着父兄的遗训。他虽已是一个现代人，但丝毫不敢轻易否定他们的生存方式。姜宇清的诗，写土地之味、人生之味，是自在的、平实的，既不沉重、凝滞，也不浮泛、夸张，而是如一块醇静的黄土地。因此，在艺术表现上，它不雕饰，也不做作，而是以本真生存之态出之，所以，那么从容不迫，挥洒自如。用他两句诗总括他的艺术特色：“这样，我的思绪在落雪的冬日／送走了一次叶子凋零的静美”……

农　　人

活着的时候，就看到自己的寿材
他很满意，寿材不用镶花边和另一世界的图案
在院子里，在猪栅羊圈马厩旁边
离草垛不远，离树林不远，大森林也在大河对面

他对孩子们说："那口材可惜了
再好的人，再好的木头都是个朽
用草编一个躺着也软乎，人生个土命归个土……"

他抽着自己种的烟叶，他称为金叶和金丝的
烟锅杆子很长，挑着烟荷包
烟荷包绣着他喜欢的秋光里的烟叶
含在嘴里的玉嘴子也很长，像道流火
抑或流水的一段淡蓝天色

他看着土地温暖的四季，看着温暖的寿材
一世农人。活着这件事他感到安慰安静，也妥帖和满足……

青　　蛙

那一只　肉感的　颤动的　绿
在古寺一侧，尤其是那只
老年的蛙，声音沧桑地绿

那一只，不朽的木鱼
均不为所动，只是依旧与之
和鸣，敲击

那一只在池塘，那一只在佛堂
那一只于城外，那一只于尘外
那一只将月点圆，那一只将经敲残

有欲的和鸣　无欲的敲击
一只棕红，一只暗绿

木鱼是木质的青蛙，青蛙是肉质的木鱼

驿　路

驿路（1956—），当代诗人。原名张益禄，生于河北沙河，现居石家庄，毕业于河北大学经济系。1996年开始写诗。他的诗，主要是科学诗。最好的诗是科学，最高的科学是诗。科学与诗完美地结合，就是科学诗。诗人说：“每当夜深人静之时，我仰望星空，感动不已，于是，写下了一首首科学诗。”人与宇宙是什么关系？诗人“乘驾思维的光舟／回到140亿年之前／宇宙大爆炸现场”。“奇点”是宇宙原初的爆炸点，好似宇宙的种子。“奇点”与人的生命有着玄秘的因果关系。“如果将宇宙纳入一颗心，心，就是宇宙；如果将心充盈整个宇宙，宇宙，就是一颗心。”宇宙，浩瀚、深邃、缥缈，神秘而永恒。你看，那天体奇观：“燃烧的流星雨”像“五彩的火焰”；“月全食”，传说中，天狗吃月，嫦娥失踪，由太阳、地球与月亮的关系的变化，演绎了“一段曲折悲壮的故事”；“UFO：不明飞行物”，这无端的天外来客，使人产生了无尽的遐想。对科学家来说，科学精神与诗意想象，从来就是结为一体的。诗人致力于用形象思维，以隽永、睿智、质朴、光华的话语方式，使科学诗尽量做到形象生动、通俗明白。他引用阿基米德的一句名言，把杠杆、支点、地球三者联系起来，创作了以杠杆撬动地球的宏大意象。“给我一个支点”，“我”也能撬动诗歌艺术的顽石。这首诗，正可以看作是诗人的主体形象和美学风范的象征。

这是一个美丽的公式

$E=mc^2$，是爱因斯坦著名的质能公式，也是世界上最美丽的公式。它脱胎于狭义相对论，深刻揭示了物体质量和能量之间的关系，在人类发展史上具有划时代意义。核能的开发利用，原子弹的爆炸成功……其理论依据皆源于此。

公式是可以美丽的
如同激荡的旋律
或者，像春天的花朵
绽放出无限幻想
$E=mc^2$，就是这样的公式

E 能量，m 质量
c^2 光速的平方
几个神秘的符号排列组合
演绎惊天动地的壮美

浩瀚的原子世界里
正发生急剧的裂变
质量无尽地释放能量
乘上冠以平方的光速

蘑菇云冉冉升起
向天空举起爆炸性宣言

冲击波，排山倒海
天地间遭遇精彩的颠覆

太阳感动得落泪
炽热的情怀熊熊燃烧
与无数个原子世界
心心相印，遥遥相望

恶魔也接踵而至
然后，躲在漆黑的角落
用奇特能量酝酿噩梦
企图击碎共同的黎明

$E=mc^2$，默默无语
沿着纵横交错的轨迹
向另一个世界急速前行
放射出新的能量和姿势
公式，依然美丽灿烂

赵贵辰

赵贵辰（1957—），当代诗人。生于河北晋州。1973年开始诗歌写作。1999年参加《诗刊》社举办的第十五届“青春诗会”。他早期的乡土诗作来自生活，从乡土风物的记写开始，而后更加深入地揭示他的乡土人生：“庄稼人一生的道路长在庄稼上。”于是，“一锨紧挨一锨”教他“翻地”的爹，“坐在畦背儿上”一挪一挪“拔草”的他的娘，还有乡村旧时的“老土窑”、“一棵长在老坟上的梨树”和那吟着“生命绝唱”的“红蝈蝈儿”……这一切，时而现实，时而历史，并由历史而现实，由现实而生命。生命在他的乡土诗中长成一株株茁壮的庄稼：“走进田地／守着庄稼待一会儿”，“俺随便让自己一坐／就坐成他们中的一员”……赵贵辰的诗的题材是丰富多彩的：时事，历史人物，乡情，自然，佛光，爱欲，鸟声……他从乡土“拥抱大地”“拥抱河山”“拥抱草原”“拥抱世界”，由亲情而衍生出悲悯和大爱，“我用我的诗行拥抱汶川”，因为人的生命正经受震灾的“考验”；他关注弱势群体的生存状态，特别是那些针砭时弊的诗，更体现了一个诗人的良知。诗人的生命本体的诗性自觉，导致他的艺术表现从单纯的写实而转变为意象的象征化处理，其语言符号也由外在的明晰而转化为内在的多义。其话语语调，有的质朴、自然，有的义正词严，也有的风趣、俏皮，而这一切构成了他诗的艺术生命造型，表现为一种“有意味的形式”。这也正是诗的生命本体的枝条上绽放出的新异的各色花朵。

娘 拔 草

娘不能
蹲着拔草
娘坐在畦背儿上
拔完了
就挪一挪地方

娘的腿
不干活儿时就疼
干活儿时就不疼
为么要待在
家里呢
娘说

娘是把干活儿
当休息
娘坐在畦背儿上
畦背儿
就是沙发了
娘还在挪地方
娘像我
一动一动的锄板
娘像我
拉二胡时的左手指肚儿

捋在畦背儿似的
那根弦上

我是你的草原

我是你的草原
我只希望我的这一个草原上
只有你一棵草
一棵大大的顶天立地的草
你用根须把我抓紧
就像一只老鹰
抓紧一只兔子
把我的草原带到你一个人的世界
最后吃掉
当然也等于我吃掉了你
我们都是对方
爱情的饲料

徐国强

徐国强（1958—），当代诗人。河北玉田人，现居唐山。他是从地震的废墟上站起来的诗人，唐山抗震纪念碑见证了他的人生之路与诗歌之旅。在唐山大地震中，他亲历和目睹了死亡与破坏的惊心动魄，感受到了生命的神秘、顽韧和意志不屈的巨大力量。他的诗一开始，就把人和生命熔铸成他主体意识的核心内容。他此后的诗作，不但延续了他的诗歌走势，而且抵达了一种全新的精神高位。在市场经济的社会条件下，人的生命内部灵与肉的冲突，欲望与良知的交搏，刻画着不同人生命运的曲线。为了抵制人文的沦落和抗拒人性的异化，他写大自然和生命的冥思。诗人以虔敬之心，咏叹大自然的美丽与神奇。他写大地上的“流水”，“泛着水花的灵性”；他写深山里的“梨花的白”，“梨花的白／使所有染上去的颜色暗淡”，遥望冰山，他领悟到了什么叫“纯粹”；同时为了拒斥社会上弥漫着的一种物化与媚俗的风习，诗人选择返回内心，陷入人生之谜的沉思。生命此在之思。诗则是生命与思在语言中的达成。诗人写罗丹的雕塑《思想者》："无法放弃思索，人哪／最优秀的姿势是自己支撑自己。"这些诗，把诗人内在奇异、隐秘的精神的活动予以话语定型，为人们展现一个色彩纷繁的心灵世界。人过中年，诗人一路走来，片片金子似的落叶，烘托了他脚步的潇洒。只要诗人执着于对生命与语言的穿透与探询，遵循诗歌自身规律的引领，就一定会收获一簇簇更加绚丽的诗的秋叶，装点人类向上的晴空。

老　人　斑

有图有真相：一块老人斑
沿我的鬓角爬出，印证我的岁月
从此将靠打健康的补丁为生
没有想到，我以往丢失的那些梦中画面
如今，都灰黑着，回来啦
占据一个地盘
根本无法消灭

我想把这个情况告诉老伴：我
已到结茧的年龄，长情丝
已缩卷为
一个蒲团
告诉儿子：收到这枚小徽章后
我就更追不上你的脚步了
我只能，凭借一个熟悉的后背
去会见一张亲切的面孔
在远处
在没人发现的拐角的地方

我没有大惊小怪
只独自撩开鬓角看了看
记起小孙子生有一块胎记
长在他后腰的下方，那是我快乐的新大陆

我的老人斑，就是老天爷，铁青着
在按图索骥；就是
讲对称的老传统
要在我身上
索
我的家族途经 2019，一个可信的回执

记忆，远远深过刀锋
我是一个被时代划痕雕刻得有些模糊的人
现在，有老人斑
做记号
我就有了一个身份二维码
能与人区分，便于确认自己

赵云江

赵云江（1958—），当代诗人、作家。生于河北盐山，现居邯郸。毕业于河北大学作家班。1982年开始发表文学作品。他的诗歌创作高潮出现在20世纪90年代。他的人生根植于燕赵大地，其人格质地中潜含着这块土地的乡土情结，其血脉里也积淀着这块土地的古老的人文气韵，他“置身于民歌之中”；他感受“易水之寒”；他走出“中国之夜”，来到时代的“白昼”，但光明中却有些晕眩；他“踏上马背”，向前“飞奔”，但前路茫茫；也有他丢失了的自己的名字，以至不知“我是谁”；最后，他抛落“人间”，在一片爱的光照下，面对尘世和超然于尘世之上的自然，在神秘的瞬间感动中，领悟了生命的根基、价值和奥义。正如诗人所吟哦的：“我回到生命之初　世界充满了／笑意　我感到一分幸福。”这就是大地上的诗意的栖居。他的心境如一泓潭水，日月运行其上仿佛洒下片片碎金，花草倒映其中犹似幅幅镜画，即使风雨袭来也只是亦梦亦幻……正是这种“透明”与“迷茫”、真实与幻觉，构成了云江诗歌的审美意境和艺术气象。与此相适应的诗歌话语，其语感、语势和语态都有如一派缥缈的云岚之上透射出的一线明媚日光，既变化多姿，又峻洁天然。应该说，云江的诗是本土意义上的现代汉诗。它不但以中国传统审美文化作为原型、背景，以现代理性直指万物之本源，穷究现代人生存之价值，而且在借鉴西方现代手法和技巧中，致力于开掘现代汉语的诗性和表现的多种可能。因此，他的诗歌创作显示出了一种东方艺术的骨力和风神！

访问曲周县小弟八村有感

到今年　我在邯郸整整生活了三十年
我的户口在丛台区　职业是诗人
我常常自诩是一个老邯郸了　我
爱这里的每一寸土地　爱这里的
风景和在这风景里生活着的人们
但是　这之前我真的不知道这里
还有一个村名叫作小弟八的地方
当然　它也不知道我　别人介绍我说我
是个知名诗人　但我从村里人伸过来的
握手的力度中　还是感觉到了客气和拘谨

这里连屋顶都让浓荫绿着　绿荫像狂欢着的
节日　像潮汐中的浪涌　像无涯无际的梦境
墙下面的瓜藤和紫扁豆欢腾地向上攀爬着
村里的大娘笑得很甜蜜——也许她们当中
有人的心思很深沉　但这之前她们没有人
读过我的诗或散文　所以她们即便有心思
也不会向我倾诉　我估计我在她们眼里
顶多就是一个衣着新鲜的城里人　顶多
就是一个戴着眼镜的文化人　或者顶多
就是一个每个月都能领到薪水的公家人

可是　在邯郸市内某个市场里　我很可能

买过小弟八人种出的丝瓜和扁豆　很可能
还吃过他们生产的小麦和玉米　我确实写了
很多东西　但没有一笔关心过他们的生计
现在站在这里　我感到自己的脸庞越来越烧
可能很红　尤其是在这里　在这默默无闻的
小弟八村　据说是邯郸东部最绿的地方
我的脸就这么在万绿丛中映衬着　像一朵
渐渐绽放的花　像熟透了的一颗什么果实
或者什么都不像　只是一树一树鼓噪的知了
突然提示我　或者干脆就像一棵树　一棵
普普通通的树　让我尝试一下在这片土地上
生根　发芽　和蓬蓬勃勃生长着的感觉

张凡修

张凡修（1958—），当代诗人。生于河北玉田县鸦鸿桥镇河东村，至今务农、写诗。他是一个土生土长的乡土诗人，一直是乡土人生的亲历者、在场者，以和土地打交道为最基本的生存方式。地气，是大地的呼吸、泥土的生命。土地，赋予诗人的生命以归属感。他生于斯，长于斯。这里有他的父母和兄弟姐妹，也有和睦相处的邻里。大地上，那春秋的轮替，感应着人的生命的律动；那树林里的“黑木耳”，谛听着大自然的天籁；那走在路上的“风”，也是大地气息的升腾，即使“落日”黄昏，到井边打水，那近处青蒿掩映的青杏，那远处天空舒卷的白云，都一起倒映在水桶中……他甚至“深刻”到一株庄稼的内心，自己也变成了“一株庄稼”。乡土，成了他心中的诗；诗，成了他梦中的乡土。人类的生存智慧是相通的。荷尔德林的诗：“充满劳绩，然而人诗意地／栖居在这片大地上。”张凡修的诗：“小日子，像微微晃动的高粱／反反复复地絮语叨叨／庸常，平静，知足。”一个文雅，一个土气。但其所昭示的人的生存真理却是一致的，那就是人与大地灵性相通的自然道德。所以，他的诗所蕴含的文化诗性哲学是由乡土情结向人在大地上诗意地栖居的现代性流转与深化。他的诗中，主要使用他故乡所在地的方言，同时又运用与传统连接的大量现代艺术手法，因此，既有历史的包容性，又有极强的现实生命力。那土地上的五颜六色、云蒸霞蔚，都充盈着农民缤纷千年的感情，他的诗中，涌动着冀东大地的呼吸与脉动、憧憬与梦想……

藏进火焰里

火柴是母亲唯一一件细软
潮湿的日子里
用完总是敞露，小小的豁口
小心翼翼放入灶门
精打细算地数着
柴门、窖门、鸡窝门
开了可以再关。而缸里的米
就像火柴杆，擦一根少一根
母亲把烧过的柴灰
一小簸箕一小簸箕
积攒起来，隔三岔五就换回几盒
火柴。仿佛灰烬倒燃至源头
成为一家人的火种
正值隆冬，母亲说她的灰特别硬
烧了三大捆干树枝
整整七小簸箕
盖住了她的一小畦韭菜
她懂得韭菜的柔软
却割一茬儿长一茬儿
暖和了根，命就硬
命硬就不怕大风刮起冻土
即使千金散尽
那唯一一件细软
也藏进火焰里

凭　空

芫荽具有集体的气味。这些气味无法单个地
易逝。就像体内长茎的嗅觉
它涉及私奔的汗腺
《天空之蓝》描述，厄运也是
具有集体气味的。气味是个巨大的存在
而拉扎尔的存在，气味就开始后退
只有在初冬，贴着地皮生长的味道，最为上好
此季
芫荽长大起莛
乔治·巴塔耶不止一次地絮叨
“……凭空，对，这个说法很妥当”

王建旗

王建旗（1960—），当代诗人、诗评家。生于河北省邢台县的一个小山村。早年失学，后当煤矿工人，读电大，做记者，现从事文创工作。他的诗歌创作开始于20世纪80年代。最初是青春生命的《大水》的风生水起的激荡。步入中年以后，波平浪静，映现人间世相。《诗日记》是包罗万象的，不仅有空间的囊括，还有时间的穿越。他往返于城乡之间，既是生活的浸入者，又是审美的观察者。他写社会历史大转型下，人们日常生存状态的林林总总的改变与错动：城市呢，高楼耸立，街区纵横，标语与广告、新建与拆迁、旧景象与新风尚，生活多样，价值多元，衣食住行，点滴事物，瞬间情景……就像一首无题而排列错杂的诗；乡村呢，坑洼地交织着柏油路，旧茅屋围绕着新农舍，老人倚在门前，盼儿女归来，荒草漫长，炊烟熄灭，月夜里偶尔传来几声犬吠，一株干枯的玉米秸在慵懒的阳光下临风摇曳……宛然一曲过时而仍有余响的民谣。在此种生命史和心灵史中，迟暮交叠着青春，躁动皈依于宁静。在人格建构上，诗人的本我、自我和超我，在分裂变幻的相互质询中，最终归于一体：本真，存在。由于诗人与批评家的双重身份，他把创作理念定为“彻底的游戏态度”和“致命的严肃关怀”（菲利普·罗斯语）。他以隐喻整合碎片的生活，他以反讽调理心灵的自省。他的写作姿态冷静、淡定而诡秘，其话语方式也多平直而深潜、素朴而光华，追求打破常规，颇有些“冷修辞”味道，在混沌与无序中有一种自我澄澈的弹性和张力。它犹如冰封雪盖的活火山，外在冷凝，内里奔突。这就使他的诗歌产生了一种别具趣味的独特的艺术魅力！

灯与影的十四行

这些年我在灯光里住着，灯光虚无，灿烂，把我充满
但我另有一个单间，储存黑暗

我有时候放出烟幕，像在白天作画，泼墨，在夜晚写诗，
把语言漂白
低着头，仿佛没有看见，光扫过弯曲的水面

像我昨夜把一枝玫瑰沉入水底，它大喊大叫
“老头，老头呀”我听见这声音分明是来自云端

我真是老了，善于吹毛求疵，总是看到光的阴影，
总能在光中发现斑点

我还发现黑与白、明与暗，因为找准了对象
它们的争吵、亲昵、哽咽与对话，使用的都是诗的“二级语言”

可以用一根针的重影对换一座山的重影
可以分开睡，但总会在睡梦里齐刷刷醒来，在黑夜里从
　　一个房间摸到另一个房间

与萨拉蒙商榷

萨拉蒙说，词语用别针取水
水变成烂泥……怎么收拾这样的局面
当水变成别针，之前，它需要变成
柳条，竹竿，打水的竹篮
它打上来的水，越来越少
仅有的几滴，沉甸甸的
像金属，钢铁，镀光的铁丝
如果它执意，拒绝
朝着别针的样式弯曲
它干脆就是笔直的大河，奔腾的河水
上面横架的铁索，有着铁轨一样的
品质，直挺挺地转大弯
让一列又一列火车，货车，载人的高铁
在你面前轰轰隆隆地开过去

王克金

王克金（1961—），当代诗人。河北廊坊人，回族。在他的心目中，“空旷”是他诗歌生长的场域和边界。于这一场域和边界内，诗人以自我此在为主体，在与世俗生活、自然景物的冲撞与对话中，深入生存、生命内部，灵魂叩问本真，由此构建起以生命元象和意识为支撑的众生平等、多义共生的大千世界，并在“空旷”的坚守中，演绎在场与逃离、虚无与充实、瞬间与永恒的人生宿命，展开从大地到天空再回降大地的艰卓的精神旅程。诗中的瞬间历史人事和他物，都是主体的独立存在。它们不只是诗人生命的对应物和诗思载体，还是保有某种特殊个性的物自体。它们与诗人一道，在视域“空旷”中构筑起纷纭多姿的生命场景。在他的诗中，一切都呈现生命情态，万物有灵、有性。他以虚无为底色，以黑暗为存在澄明的本源。在“万物一体”的生命意义神秘的感悟中，运用独特的立体艺术思维，为我们展现了一派人之生存的可能图景。由于他对世界中“你—我”关系的态度，诗中的意象多为独立自在意象，它们的情智不是诗人的赋予，而是它们自身的焕发。一直在天空走着的云、无处不在的阳光、穿越身体的风，失去林子的鸟、空旷中耸立的树、秋野里静卧的牛，还有流星、月光、河水，以及空寂的房子、宿命的家乡、少女飘飞的草帽、秋阳镀金的果实、清晨晶莹的露珠……这些自我呈现的意象，在诗人主体意识的统领下，共同支架起诗歌的审美空间。作为诗歌向世界敞开的语言，在形成超越性的诗歌话语时，它们不只是诗人的内在独白，还是以诗人为中心的众声喧哗的语义场。意象的营造与对话的展开，把感性想象力与理性思解力结合起来，使他的诗具有了生动而又抽象的艺术形式，实现了血肉与骨骼相互依附的诗歌形体的重塑，拓展了一片崭新的殊异的美学境界。

意外：结果

有时，我们在互换，掏心掏肺地互换
有时就像你是我，我是你

你是你时，是你抱住了我
而不是我抱住了你

你是我时，是你抱起我
一转身，把我放在你刚站定的位置

而你，立刻坐下来，坐在那里
像是……等了我很久

历史性地来看，倒像不是你找到了我
而是我找到了你

一切从新开始……
倒像是我，刚刚进来

关于哀莫大于心死

这句“哀莫大于心死”，不可说也不可为
即使心如洼地，怨水重重
悲哀者也要自我解嘲，消解一下
这人世上的格言
所谓厌世者，在河滩上想把内心的荒芜
一把火化为灰烬，不是真的
长居水岸，他在不是春天的时候
内心又长出了春天的青草
就像我注目远观，河道里的蒲苇
在水中，一下子又冒了出来
沉寂多时的水面
紫鸟翻飞，顿时喧闹了许多

韦 锦

韦锦（1962—），当代诗人。原名王家琛，出生于山东齐河。大学毕业到胜利油田工作，后辗转到廊坊中石油某新闻单位，现居北京，就职于中国对外文化集团。“处于黄河之阳的那座小乡村”，生息和劳作着他的父母乡亲。他写“钻工和鸟”：“鸟落在钻工的肩上／跳到疲惫的手上／它把钻工当成了井架的一部分／它把井架当成了一棵落叶的树。”旷野苍茫，只有鸟和人亲近，静美而又粗犷。他与石油人心灵相通。他与更多的事物紧相关联：“一棵草，又一棵草／加起来／就是草原”“一个人，又一个人／加起来／就是人民”“在草原上说起人民，辽阔的心事堆满牧场”。然而，人至中年，仿佛都落入《结霜的花园》，花朵凋零，树叶飘落，“让人吃惊”，又“如此迷人”。他的思绪，往返折冲，纠结缠绕。从此，他让自然的芜杂构成和谐的张力和动态的平衡，繁杂人事从对峙走向和解，犹如《高速路上的月亮》：它与你并行，不管现代化交通工具多快，也不会把它落下。当你停住，“打开车门”，它依然在天上又大又圆，安详地照着你的身影和灵魂。这是一个时代的寓言。他的诗，语言质朴、自然，有时也峭丽。其诗有“戏剧性”，后来他创作出一批诗剧和歌剧，如《楼和兰》《马可·波罗》等。他读书、交友、饮酒、写诗、听音乐，这一切反映在他的创作中，就表现为北方人真诚、醇厚的品性和洒脱、无羁、大度的人格与风骨！

高速路上的月亮

汽车高速行驶时，我看见月亮
左边的车窗一片橙黄

月亮在空中不动，但我们
落不下它

从临淄到济南，116 公里
1 小时 10 分钟

和气安详的月亮，先是稍稍落后
接着与我们并行。最终

只一闪，脚都没抬
就赶到前面去了

我打开车门，看见月亮
比起程的时候，大了许多

石头会飞的日子

那块石头当初在天上飞
那时我们还一点儿心事藏不住
就像春天，说你看吧
满坡的花说开就开了
地底下的故事不再说暗语

那块石头飞翔的时候影子最亮
鸟不躲开。一颗最贴心的星
帮助我们与天空保持联系
尤其是秋天来到，逐步逃出混浊
一颗飞翔的石头光彩熠熠

它通向我们的心但不是道路
它不是浑圆的，多棱的，硬的或软的
它不是一种描述
飞翔是它的本质
有如开放对于满坡的花朵

现在它还能飞翔
仅凭我们的思想
当我说，你看吧
我是说，你看你抬起的眼睛

杜晶雪

杜晶雪（1962—），当代诗人。河北廊坊人。诗本主情，也不拒理，然而他的诗是智性的，是情与理的融汇。且多为短章，常于有限的生命衍化中，捕捉人生的瞬间感悟，从瞬间进入永恒，在托景言志之中，表现出一种高洁的人生境界的神往。他追问春天去哪儿了："有必要在获取答复后／进一步思考春天不在时的／一些频仍的事物一个生命加入某个问题／使之成为死亡或／新生。"他写"平静"："我只有平静　高空的蓝与／地表的黄　这中间／平行的雁阵／悄无声息。"这是一种高远的宇宙的空寂，沉静中潜隐着无尽的神秘。他写"明朗如初"："岁月已夷平了高峰／诗歌于平俗中鹤立。"这是人的原初状态和诗歌的超凡脱俗。他写"本真"："让草成为草／让树成为树／让昆虫还原／返归春意盎然的枝头。"离开了坚实的生活土壤，诗歌之花必然枯萎、凋零。于是，诗人超越现实人生，钟情于"遥望"："……远得／不能再远的故事／真正地／抓住了我的灵魂　使我／轻抛了现实　竖起／精神的长梯。"春天是现实，从一个春天到另一个春天，则是历史。历史包含着世界的万物新生与死亡。从自然深入人生，展示了一种诗意的“更深的美”。一首首诗，犹如一枝枝滴露的冰凌，那澄澈、恬静的艺术境界，其内里潜隐的是诗人高洁的人格和从容、淡定的写作姿态，以及冰清玉洁的心境。正如唐代诗人王昌龄诗云：“洛阳亲友如相问，一片冰心在玉壶。”

节　　日

时间从钟表上退下来
橡树从油画中退下来
风景离开纸张
奔回四野和山岗

真实从语言中退下来
爱神从阴影中退下来
如果还有一只纸鸢为手牵引
就请息掉
自由的风

紧缩的内心能对谁诉说

这世界上的一切都在长大
从小开始　从小之后的大开始
再由大变得更大
只有我的内心变小了
变得　已将一些人
彻底挤了出去

冰　释

不是所有的事物都能轻易地变成文字
不是的
许多事物都在被说出前的刹那　哗的一声
碎了　没有碎屑
像世间蒸发了一滴水　像一束光
照射了一下　又倏地隐没了原形

而我确信你的到来会让我写下什么
会让我　走去一段之后　犹豫之中
转身回来　提笔　想起已忘却的地方

麦　克

麦克(1962—)，当代诗人。原名王国圈，河北文安人，现居霸州。他出生于乡村，现进入县城，生命在田园和城市之间游走。诗人乡土的本质像胎记。他挚爱的村庄，“太阳像父亲磨亮的石头”“八月马车的轮子是老式的唱片，／播放乡土路上的小调”。然而，在城市，面对物化与浮华，他的“灵魂”在啤酒杯里，“正偏离身体的中心”。置身于如此历史时空之下，他的心灵纠结、盘绕、孤独、痛苦。他看到“天空里的人”有三种：神仙、可敬的亡灵、诗人的倒影。而诗人的主体是天地的主宰，也必然是灵魂的拯救者。于是，他为自己建构了一个生存的语言乌托邦。那就是月光之城。一切都像月光那样纯净、柔美、谐和：人与人、人与事、人与自然，平等、独立、自由。那么云淡风轻，那么宁静悠远。诗人努力在现实和虚构的世界里自我确证，自我提升。他的诗由感觉而见性情，靠觉悟而出境界。他大胆突破常规，尝试多种多样的艺术修辞，从而造成了意象的新奇和话语的陌生化，使诗人的精神现场呈现了多元并峙、多义共生的，斑驳、绚烂的艺术景观!

我 独 爱

静静地等待下一个春天
我独爱通往家乡的那条小路
剪辑碎了的旧时光
揳入时间的一只绿鸟儿
蘸着夕晖写下雨水浸泡的远方
倒影中的光悬挂起人间
仿佛儿时的梦在时空中旋转

杨 树 累 了

唱了一年的歌
杨树累了
岁月的回眸
已是旧日时光
光裸的树枝上
只剩下鸟巢的靴子
在北风里赶路

亲爱的雪

雪花不会带来噩梦
它们上下翻飞窃窃私语
是要把沉睡的梦叫醒
这些似鸟儿的精灵
会留下花的种子
它们在潮湿的泥土里栖身
在太阳明亮的抚慰里
走得无影无踪
当我们搬动树根下的叹息
就会发现雪留给时光的黄金
它们仿佛是一个诺言
但它们却不会歌唱
又仿佛化作了天空里
挥舞的银子般的翅膀
让我们有些傲慢的头颈
向低处或更低处弯曲下来

齐宗弟

齐宗弟（1963—），当代诗人。生于河北滦平。诗人在大地上行走，伴随着社会变革的脚步，他一步一步地转换和调整自己的心态，实现了生命书写的季节转换。青春期写作，是生命激情的涌动、理想的高擎，是闪电激活风雨；而步入了中年的写作，则从外张到内敛，从躁动到沉凝，皈依于心境的澄明。这时，他的诗中有三个核心意象——太阳、风和大地，与之对应的是——普照、时间、承载。“太阳正在上升”，阳光“暖着我，我暖着心”，“大地，比天空还空旷”，雨后的“南山”苍翠，澄澈的“滦河”潺潺，坡地上有羊群走动，白桦林的落叶洒了一地金黄，“南归的大雁”飞过长空，庄稼地有“拾穗者”的身影，而深山的“山里红在薄脆的雾中越来越红……”，一切“看见的与看不见的都是一种真实”，连“一粒尘埃”，在阳光下也充盈“深奥”和美丽……“一阵风刮过／我努力挺胸”。在这样的诗意空间里，诗人淡泊明志，宁静致远，君临万物，清虚自守，感受生命本真的欢愉与幸福，独享玄览世界的乐趣。如果说青春期写作是“酒神精神”，那么中年以后的写作就是“日神精神”。所以，诗人的写作姿态，也凸显为从容、智慧和理性。而他的词语从生命的深层发出，自然、质朴，像一滴滴太阳雨，闪着晶莹、透明，洒向自然万物、人世风情，让这纯净澄澈的画卷，在辽阔的大地上肃穆辉煌地展开……

玫　　瑰

一个堕落的歌者　已近暮年
总想在昏昏欲睡的山顶
把卑鄙的尘埃唱成高尚的苹果
然后用一把钝刀剪断盛开的光芒
窃为己有　修饰日渐衰败的喉咙

河流已断　江山已老
被风吹卷的羽毛　飘落在绝望的路口
有一次承诺就有一次反悔
破碎的酒杯就像破碎的念想
盛不下一滴露水的色和灯火的情
尽管一枚刺带着血红　带着余香
还是把一脸的惊恐和麻木
展现在黄昏似是而非的叹息上

语言摧残着花瓣　苍白如失血的手指
蓄谋已久的花期酿不成蜜了
即便给予再多的糖和阳光
也是一地鸡毛

玫瑰啊玫瑰　在我干净的眼睛里
你只是屠刀面前的一缕白发

依然是雾

风是最为可靠的
我无力用双手撕开驱散或消灭
围困　阻碍　限制并干扰我的目光的雾
尽管我知道此刻滦平的现实
只是雾　没有霾

一阵风　从南偏北的地方吹来
阳光一下子就站在我的面前
我的影子也一下子刻在了涝洼的岩石上
足以证明我的存在

我在　世界就在
就清晰　就明确
一首诗就写在了一片红叶之上
随风而去　到远远的炊烟里

忽然　假如我幻化为一团浓雾
一定是当下最美丽的
一幅虚无

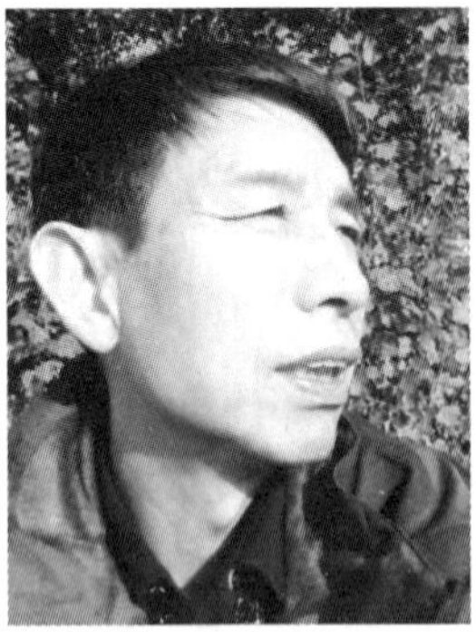

代红杰

代红杰（1963—），当代诗人。生于河北南和，现居邢台。毕业于河北大学作家班。他的诗，写与春秋对应的人生四季。“万物回归的三月，叶绿、鸟鸣”“女人，和春天一样艳丽”。经过夏天的火热，生命蓬勃，到了秋天则是收获的季节。而后是冬藏，大地安寂。他写得最多的是秋季。这与农事有关，丰收是农民一年中的盛大节日；也跟诗人的年龄有关，因为人至中年，正是生命的秋季写作。北方的秋季有一种特定的时空感、风味与色调：从“锦绣”“燃烧”，到收场、消歇，雪白的“棉花”，金黄的“玉米”，晨雾中的马车，月光下的静谧，小草由青而枯，树叶由绿而红，大雁南飞，天高云淡，秋风萧瑟，土地舒展……一个个意象，绚丽而又别具风情地涂染了一幅五彩缤纷、丰饶富足的秋的画面，给人一种跃动鲜活而又肃穆旷远的感觉……《秋天是一个词》，诗中的词语是有灵性的，有其自身的生命力。诗人的词语，质朴、明快、峻丽，承载和命名着诗人童年的苦乐、人的尊严和丰收的喜悦。一个个词语，凸现、闪跳，传递了诗人的生命感悟和涌动的情思意绪。诗中的词语也是语境生成的语言。如《芦苇》中的“芦苇”，这个词原本是植物，但进入诗中，由于与诗人照面，它的物性就转化为人性，它的心灵就保有了人的意志和情感，这株“芦苇”最终成为诗人人格的隐喻和象征，“做一个草根诗人，供奉一方人民”！

雪落黄河静无声

飘在空中的雪花，纷纷扬扬
飘在空中的雪花，尚属神仙管辖
其美妙比拟夜空中的星星
其数量之庞大，多于夜空中的星星
人类还没本领发明把控其数量的统计学

雪花落在黄河
雪落黄河静无声
这时，一个醉酒的人
站在黄河岸边，数雪花
他高声喊道：一片，两片
雪花只有两片，以黄河为界
河北一片，河南一片

在下一阵风中

一棵桦树旁，一个女孩用一个下午
静坐。像是在垂钓时间
我比她老了很多，我知道
时间不会被谁轻易打动
时间也不会轻易打动谁

我并没有告诉她
我猜测，她应该需要静坐在这里
有时候，一个人需要一次静坐
一生需要很多次静坐
很多时候，一个人要像
雷劈的树干，暂且忘记生长。直至
在下一阵风中，轻掩衣襟
尝试着吐出一声长叹
让一些叶子落下来

陈德胜

陈德胜（1963—），当代诗人。生于吉林长春，现居石家庄。他的诗歌创作开始于20世纪80年代。他在《时间》一诗中写道：“我被卡在你的时间里／按照你设定的时间走路。”诗人和所属时代的关系带有某种命定性。他的前期诗歌，写年轻生命孤独而寂寞的“冥想”，在自然林木花草上寄托自己的忧思，写丝丝缕缕但多少有点儿缠绵悱恻的爱情，写点点滴滴驳杂而疏朗但总有灵魂悸动的日常人生。但他的日常书写往往与非日常交汇在一起。也就是说，他不但把日常置于历史的云烟之下，而且又以日常折射时代的光影。人们日常生存的价值追求与社会历史的发展是一种既顺应又反拨的悖论结构。“人能漂流到哪去呢／你是你的牢笼”。打开生命，自由选择，“人呀，总要往前走”。那么，魂归何处？海德格尔说，诗人的天职是返乡，唯有在故乡才可亲近本源。于是，诗人便有了《东安屯诗选》的创作。东安屯是长春市边缘的一个村落。他在此生活了十四年，离开了四十年，如今它几乎已不存在了。但他却在记忆中、梦幻里再现了那真实而虚幻的属于他自己的乡土世界：童年，小河，爬犁，玩伴，冒油的黑土地，南飞排空的大雁，老房子，土炕，老邻居，道边的白杨树，群飞的麻雀……那里有他“辽阔的往事”。“东安屯”就是一首诗，是由若干片段谱写的一首大诗——史诗。这是他生命的出发地，也是他精神的原乡。诗人引领“我们活在语言里”。他的语言质朴、自然、率真。语言是对世界的命名。语言的真实，就是事物的在场。把世界纳入语言，赋予它以存在的真理，使之放射出诗与哲学的熠熠辉光，在这样的语言家园里栖居，怎能不让我们“热泪盈眶”！

我想了解这里更为细致的生活

我应该在堡子里住一夜
在一间空房子里，在高处
邻居有人就行
我能够轻轻地飞就行

我跟着一个人的身后
她的黍子是经过策划过的
做饭的动作重复了千万遍
她的炊烟像古老的文字变幻莫测

这里的人过着祖辈的生活
他们的粉坨也有着透明的经历
它们是那么有弹性
敢于面对强硬的东西

卤水豆腐干是这里的特产
它们像一小截院墙
表面皱褶，内心坚硬
屹立百年，幽灵般吊诡

还有喝了以后让人想哭的糊糊
这是土地的芬芳
喝了它我想跋山涉水
不思来路，也莫问前程

老堡子的梦想

不要去维修这里的门面
不要去扶起掉下的屋檩
那是远去神灵的注视过的物件
这是普通人的伟业
不愿意被打扰
后来的人不会再回来
我却能记住这残破的房子
我竭力在自家的房子里保持镇静
这里的漫天繁星是我所要描述的
还有白云任性地飘过

韩文戈

韩文戈（1964—），当代诗人。河北丰润人。1982年首次发表诗歌，他的乡土诗，主要以他的家乡“岩村”为源泉和基点，写故土与童年，由此走进农耕文明的深处，打开民族精神的史册。在那里，农业以及和农业有关的场景与故事，成了诗意的图腾。在农民与土地的意会神交中，春种、夏锄、秋收、冬藏，都展示了他们对土地的依赖，由依赖而崇拜，而神化。他们与土地融为一体。土地开放的五颜六色，是农民缤纷千年的感情，优美地昭示着天、地、人的和谐与亲密。在诗中，那墓地、远山、树木、农妇、季节、流水……都在生命的地平线上跃动着辉煌与灿烂，并在夕阳下流淌的民歌里找到隽永与美丽。这是农耕文明的旷古神韵。古老的土地神话，虽然已消失在现代的历史风烟中，但大地还在，它的坦荡、邈远和沉静，仍孕育着万物的生机、生灵。他的语言在洗尽铅华之后，显出一种“雨后天空”一样的明朗与清新。在他的诗中，我们找不到有矫情嫌疑的主观化的个人符号，然而在透明的自然和如画的真实里，我们能够“重新进入激动”。诗人的浸透着哲学的情感和思索的意象，在他明快隽永的话语里，得到了坚实的物化，并使之袅然生出一股灵气。

开花的地方

我坐在一万年前开花的地方
今天，这里又开了一朵花。
一万年前跑过去的松鼠，已化成了石头
安静地等待松子落下。
我的周围，漫山摇晃的黄栌树，山间翻涌的风
停息在峰巅上的云朵
我抖动着身上的尘土，它们缓慢落下
一万年也是这样，缓慢落下
尘土托举着人世
一万年托举着那朵尘世的花。

活着的人席地而坐

刚读到一首陌生人写的诗
他说一群人干完农活，风正吹过远近的草木
朋友们席地而坐，在地气奔涌的土地上大碗喝酒
这使我想起，自古以来的虚古镇
只有一种情况可以在露天的土地上畅饮
当强壮的男人们赶在午时之前
为刚刚亡故者挖好墓穴，他们被允许坐在新土上
阳光晒着裸背上的汗水，无须悲伤地举起酒杯

当然还有另一种情景，清明或某人的祭日
乌鸦围坐在四周的树上，活着的人把酒菜摆在墓碑前
一边看死去的故人轻烟一样自斟自饮
一边旁白似的叨念着往事，提醒阴阳相隔的人

佛　尘

请允许我用整个一生
来做一件事
每天凌晨都轻轻掸下
佛陀身上的尘埃
然后把它们收进一个
画着星星图案的陶瓶
在我即将老去的某个日子
我会最后一次回到故乡的群山
提回泉水
在日光与月光的辉映下
我把那些微尘搅成泥
再按我自己的样子捏成一尊佛
慈悲地望着尘世

刘福君

刘福君（1964—），当代诗人。生于河北兴隆。曾在廊坊师专作家班学习。他的新乡土诗，不大直接写山川风物，而是把笔力集中在乡土上的伦理亲情。诗人的母亲是涵容的、至善的，而他的父亲则是淳厚的、刚直的。他们的生命都经历过艰难困苦的岁月。他的父亲是一个典型的中国农民的形象。他出生于燕山深处的小村庄，一辈子在土里刨食，以务农为生。母亲在家操劳，喂猪养羊。父母是生命的源头，他们不仅生养了儿女，而且言传身教，使儿女长大成人。父爱如山，母爱似海。诗人的孝敬与感恩，在山海之间萦回，使他的生命充盈而富有。他写父亲，下地干活回家，身上沾着“草叶儿”，“母亲轻手轻脚／从父亲身后摘去草叶儿／交给清风”，草叶儿“旋转于我们仨之间／脉脉含情”。这多情的草叶儿，见证了天地间的至爱真情与天伦之乐。他对父母的爱是刻骨铭心的，甚至祈愿：“如果有来生”，“我们”还要“在村口守候”，再续亲缘。父爱是精神血脉的源流，母爱是生命原初深藏的道德力量。真实与真情，成就了诗人的“真诗”。他的诗歌话语，贴近心灵和生命，因而更显得自由、率真、爽利、情深。同时他把原型母题纳入诗写，塑造了父与母的平凡而伟大的形象，这就使读者在意识深处，触到了种族的魂魄，从而引发了比个人心理经验更为强烈的集体心理震撼。刘福君的此种原型创作，既昭告了某种艺术生成的秘密，也使我们有理由相信：诗人的作品会有长久的艺术生命力。

今 生 今 世

你来到这个世界
并不知道
自己将来有四个儿子三个女儿
你也不会想到
自己活到 88 岁
每天继续喝半斤白酒

时间将吞没一切
你的身后铺满宁静
儿孙们如今视你为佛
看着你把每一天
作为最后的一天度过
心里庆幸，也有苦涩

今生今世我们是亲人
一起旅居于小小山村
我有一个小小念头
如果有来生
父亲啊
我们会在村口守候
等成佛的你重新转世

草　叶　儿

草叶儿沾在脖子上
跟着父亲一起回家
悄然无声

母亲轻手轻脚
从父亲身后摘去草叶儿
交给清风

草叶青青
青青草叶
旋转于我们仨之间
脉脉含情

顾国强

顾国强（1964—），当代诗人。河北任丘人，现居霸州。一个农民的子弟，从乡村走进城市，穿过夜沉路漫、风萧雨凄，而支撑他在通往黎明的路上前行的，就是他挚爱的诗歌。面对人生的尴尬与困惑，日常生活的繁忙、劳神和无奈，他以个人的主体意识和从乡土上生长的根性，在心灵深处，予以一一应对与化解。他说他一生与苦难结伴而行，而他与诗是在苦难中握住的缘。他的成功与失败，他的心绪起落与沉浮，都倾注在他的诗歌中。他把自己比喻成“迷失在城市里”的“一只燕子”，“它枯瘦的叫声被噪音碾轧”“这只燕子站在摇摆的高压线上／摇摆的天空让它眼晕”。在这迷茫与倦怠中令他最难以忍受的是“孤独”，而正是这孤独在他心中亮起了“一盏灯”，点燃了青春，照亮了前路和世界。诗人在创作中的价值取向，既有传统的仁爱，又有现代的悲悯。他诗中爱的主题，不仅包括男女之爱，也包括爱他人、爱自然、爱世间一切美好的事物，“阳光正在月亮的背面／书写着谁与谁美好的故事”。他的人间之爱，是以太阳与月亮相辉映为其时空坐标和整体象征的，因而是生命的必然。他的诗，根植于民族的母语，其纯正的品格，在于真实、真诚。他诗写的身份，处于城乡之间，在传统与现代的历史夹缝之中。文化身份的确定，对一个诗人来说，是极为关键的。文化立场，是他的安身立命之地，决定着他的写作范围和方向。作为城乡文化的中介者，他自己的诗歌之树，就既有民族的根脉，又迎会吐纳现代风的吹拂，必定是挺拔高耸，枝繁叶茂，摇曳多重风神！

砖　　头

院子里一堆砖头
有的曾经埋伏在泥土里
把父亲的锄啃出一个豁口
有的曾经隐藏在草丛中
掀翻了父亲的独轮车
父亲把它们一一领回家
后来翻盖房子　砌了地基

这些砖头和父亲有缘
都有硬度和棱角　扛得起风雨
都得被命运压垮
父亲走了　它们继续撑着

再次写到倦鸟

黄昏　一只鸟
彷徨地盘旋
离散　失意　疲劳的样子
它能遇到一棵树吗
在树上筑起一个巢吗
在巢里铺设一张婚床吗

属于它的天空渐渐低了下来
渐渐地
它就失散在了我视线
颤动的末梢

它一直盘旋着
在我心里

胡乱地想着什么
天就黑透了
黑，涂乱了我回家乡的路

王之峰

王之峰（1964—），当代诗人、诗评家。河北黄骅人，回族，现居廊坊。1985年开始写诗，并参加“醒来诗社”。他早期诗歌受意象派影响，后来辗转深化，一直坚持意象写作。诗人重视抽象意象的营造，并坚持私人意象的投影洞穿公共意象的核心，以直觉、超验、神秘为感知张力，从碎片化的生活中整合出时代症候，并用意象的长钉固定诗意的空与色。他是一个出生在海边，却看见大海就孤独的诗人。他的诗，以大海为底色，以盐为根系，建构自己柔软而坚硬的生命主体。在他诗的意象中，“父亲”的身影是“海边日出”，“母亲”的襟怀是“大海”的涵容；他曾为“海边少年”，多像“一条咸鱼”的沉默，一想起“盐”他就“原谅别人”；人世扰攘犹如一只沉浮的“脸盆”毫无方向地漂游于“大海”之中，而他认为，城里人是“缺钙的人”；在他心目中，月的“圆满”是“海”的潮汐，山的“起伏”是“海”的波澜……当然，他的诗歌界域不仅限于海，还有大地与天空，天地之间的红尘漫漫、人事纷纭，乃至一年四季的轮替、江南塞北的风情，但都有海的映托、大气沛然与骨力。他对大千世界和自然万物的爱、恻隐和悲悯，让他有敞开的渴望并保持拥抱的姿态，保有海的博大、浩瀚与宽容。他写山川、人物、历史风云、战争与灾难，写盐和大海的梦想，写人类的生存与命运。他放弃对耸峙物体感的功利性仰望，只结晶成哲学的棱角和精神的尖锐。他富有知识分子的批判、质疑、内省精神，认同知识分子写作，良知在生活现场和生命中间，其坚挺的精神意象奔走在历史、现实和人文关怀中。他的诗形制短小、语言朴素，诗人在秉持先锋即探索的精神先导下，追求刹那的机锋和灵动，在意境上有冷峻、峭拔、冲淡、疏野之气韵！

花　痴

我一直强迫自己
相信
槐花的香气是白色的

必须如此

为了爱情　我
期待

贫血者
种下玫瑰

秋　深　了

风吹落了树上的叶子
它并没有吹落秋天
它想继续吹

山楂红了
除了红
她无处可去

就继续红

说日复一日
只是虚无隔着雁群
只是我们对天空的仰望
在时间里颤抖

除了颤抖
我们虚度了一生

西　雨

西雨（1964—），当代诗人。原名贾霄，生于内蒙古巴彦淖尔临河，现居秦皇岛。西雨是早慧的诗人，在20世纪80年代，还在上中学的他，便成为秦皇岛文坛耀眼的新星。随着年龄与阅历的增长，他和朋友们成立诗社，编诗歌刊物，渐渐成为秦皇岛诗人中的领军人物。本质上，西雨是一个抒情诗人。但是，他的抒情诗绝不是那种没有质地、没有纹理的轻飘之作，而是打烙着岁月痕迹的生命体验，是指向远方的灵魂走向。他清楚“物质的身体　真实可信”，但他依然会“把心悬挂在树上”。因为，他心中的诗神“就是阳光下的盐　海水的骨头”，它“珍贵得随处可见”。当然，诗人并没有因为这种远方情结而逃离当下的生活现场。他从邻家院子的柿子树上看到“甜蜜包裹着舌头”“苦涩丢去在地上”，因而感慨“因这辽阔的空虚比死亡更强大”“教我不敢轻生”。西雨的诗是内敛的、从容的、节制的。这是抒情诗更高的境界。在缺乏变化、缺乏激动的日子里，诗人的灵魂注定是躁动不安的。所以，他的诗歌里彰显着一种永不满足、渴念新鲜的人生姿态和信念。但是，他的脚始终踩在坚实的土地上，从不放弃对日常琐碎的开掘与把握，因而，他的诗行有尘土色，有烟火味，有人的呼吸和体温。正是这种清醒的自觉和妥协，使得西雨和他的诗有了内在的纠葛和张力，从而成就了一种艺术的厚重和成色。

草　西　庄

我知道应该叫槽西庄
过去有条饮马河
河西有一饮马槽
村庄因此得名

而今河水干了
槽也不知去向
我的兄弟东利
尘土飞扬的
在那里生活

我想起他在风中
红红的脸膛
我就想把他的村庄
改叫草西庄
这样听起来
就没那么多土了

命 中 不 足

无论采取哪一种方式行走
上下都不成坦途

死亡在林子的那一边
这边是月光照见的小泥屋

把心悬挂在树上
起风时我就能平静地赶路

不可能像一个人那样走
看上去比一个人更孤独

阳光灿烂的岛或雪的古都
你都不能长久居住

如此熟悉的一切渐次陌生
我能够给你的东西
正是我命中的不足

思　宇

思宇（1964—），当代诗人。原名周贵亮，生于河北康保，现居张家口宣化。他自 20 世纪 80 年代开始从事诗歌创作。他长期生活在塞外坝上，那里自然风光辽阔，人文底蕴深厚。古代属于游牧文明，后来成为向农耕文明转化与并重的地域，历来征战频繁，遗留很多文物古迹。这样的生存环境，为他的诗写不但提供了天高地广的题材，而且也给予了历史的和美学的指引。他写“天上草原”：“天是那么蓝／地是那么宽”“碧草连天远”。这里，“风吹草低见牛羊”，草原人诚朴、好客，招待远方客人，“不醉不罢休／醉了卧青山”。他写骏马：“我的马，我的情人”“我策响鞭杖游走草原”。他写“南天门”，“遐想”古代此地曾是海，“那些巨大的坚韧的石头／它的生成一定在海水之下／这远古的奇观／颠覆了成吉思汗的草原”。他写这里的山河湖泊、草木禾稼都是“兄弟”，这里冬冷夏热，他的生命“跟着季节走／绝不是随波逐流／与自然同生共逝／生命总要走过／春夏秋冬”。诗人在人生旅途上，“披一肩风雨，斩一路荆棘”，从容稳健地走着，他的生命价值取向是人的尊严与高贵。他为人，坦荡真诚，质朴自然；他为诗，深情浩渺，清新秀丽。这正是他的人格风骨和诗的艺术风致。

红　灯　笼

你挑起我思乡的惆怅
皱褶里掩藏着乡土的情结
蜡烛点燃起归家的航灯
在炊烟飘荡的屋檐下
晃动着红艳的色彩
那是太阳的底色

你用光吸走了我的热血
我的身体已成云朵
你承载着我全部的孤独
情感在你的胸膛凝结
失重于团聚之后的欢乐

有时，你是酒的器皿
醉我于不醒
更是长夜中明亮的红帆
透着无限的清澈
光明落在我的心头
如此敞亮而温暖

牧　雪

大雪就这样飘落下来
然后，在风中一动不动
雪辉似乎胜过所有的阳光
巨大的白填满我的视线

远处的山坳上闪出一个黑点儿
继而漫漶成一团
像墨迹在宣纸上浸染
片刻，又闪出一点儿红来
跟在黑的后面奔跑
犹似一幅移动的梅花图

隐约听见一位男人喊道：
春花开饭了，快赶牛回家
我循声望去
只看见一缕淡淡的炊烟
正朝着一朵白云靠拢

北　野

北野（1965—），当代诗人。河北围场人，满族。20世纪80年代开始发表诗歌作品。诗人的故乡在燕山深处，既以北中国为依托，又于峰峦中托举着历史遗迹——避暑山庄。自然文明赋予他的诗以“大雪落幽燕”的浑茫和与晚霞夕照相接的瑰丽。但滞重的历史神话和翻转而来的现代经济神话，却使他的生存现场陷入尴尬而险峻的双重困境。因此，他与世界的对峙，就不但要颠覆历史，消解对立，直指人性，而且要面对物欲疯长，意义虚无，扶持行将陨落的灵魂。他是一个孤独抗争的斗士，以悲悯和“另一种视野”，俯视大地与苍生，以图救赎，适应历史的断裂和生存的破碎。他的诗歌话语运用以萨满为原型的魔幻现实主义的艺术手法和修辞，铺排而扬厉，梦幻而冲腾，意象奇崛、突兀，境界峭拔、渊深，置现实于紧张而严肃的思考中，力求找回人类与宇宙创世的生命基点，以此缝合历史，愈合生命，进而让心灵的碎片折射一个时代的真相。他立足燕山山脉，写人与大地的特殊关系，带有粗粝的生命质感和强烈的冲击力。沉重的使命与担当，不能不使诗人远承建安风骨，借助地域风物，而形成自己的艺术风范。他的诗，雄浑、豪迈、大气，有一种骨子里的野性与苍凉，从内质与形式上都卓绝而个性化地演绎了慷慨悲歌的燕赵风韵！

燕山祈祷书

在燕山北坡，我搭了
一个灶台，神啊，听你的话
我煮饭喂给父母

在燕山南坡，我搭了
一个灶台，神啊，听你的话
我煮饭喂养儿女

在燕山西坡，我搭了
一个灶台，神啊，听你的话
我煮饭喂饱身体里的沼泽

燕山的神啊，求求你，等我们
活过一万年，再让你的海水
从东面漫过来

北　　国

白露为霜。草莽里剪径的贼人
用书生的语气说
“人间凶恶，金盆抽象。洗了几遍手

纸上的譬喻，仍然养不活妈妈。”

我躲在落叶里，不敢接他的话茬儿
我想在曲终人散之后
独自在空戏台上演一场戏
演一个人退场之后，带着他的
鬼魂观众，用长长的拖腔向着空中哭

“我有幸做了蝴蝶
又做了回声里的牛羊，它们都是兄弟
它们都是粉身碎骨的新娘
而我——要如何才能回到那个
住满幽灵的村庄？”

霜花翻飞。旷野生凉
我的北方啊
落幕的人间星月摇荡

毕俊厚

毕俊厚（1965—），当代诗人。生于河北尚义。20世纪80年代开始文学创作。他的诗多为大的自然与历史地域背景下的以故乡为基点的日常生活书写。他的家乡所在地，有草原，也有湖泊，“跨上马，我绝不会丢失在草原上”。康巴诺尔湖，“安静地庇佑着大草原的丰美”。而他的家乡小村，夹在两山之间，像一小块古老的“黑陶”片。这里是生育他的大地的“子宫”。他从这里出走，住进城里。城乡之间往来，总有一条生命脐带的牵系。人过了“知天命”之年，他的日常生活在记忆和现实交互中。而回顾和体察，总会获致某种人生的感悟。这时候，几乎每个人都是哲学家。诗人去“永安大街”广场，忽然听到“东路二人台”，那古老歌谣的悠长神韵，一下子震颤了他的灵魂；他养鹦鹉，从鹦鹉的“产卵，孵化，到满月出巢”，“仿佛目睹了人生的全过程”；他在家乡的山登高望远，面对高天厚土，却只关注细小的部分——小村家园的牛、羊、鸡、狗和亲人。这在山水的大棋盘上，只是一个个小点，但那是他生命的原初，也是大千世界的真正人间。个体渺小，但集合起来，也有天地与立的伟岸。诗人的此种“天、地、人”的思考与观照，不但使他的生命陡然升华到了一种哲学的境界，而且让世间万物从沉沦中敞亮，并于澄明的镜像中光华灿烂。诗歌是对诗人自我生命和世界的命名，因而，他的话语特点是涵容、柔韧、简约、明澈……

消　散

老泥巴抹到第三层，墙体
出现了光泽。出尽风头的，微黄的
糜秸，不再屈服于压力

它们把光洁的一面露出来
把粗俗，尽量捂严实

一滴汗珠，在青筋暴突的荷锄的父亲，
额头上缓慢蠕动。光泽
从边缘部位焦距成一个点。它，
流动的速度，被纵横交错的皱痕
拦阻着。形成一条黝黑的暗渠

力学构成之前，粗俗的，被忽略的部分
往往是真实的呈现。之后
是瓦解和消散的过程

归　隐　记

河流隐入暗渠。透出
斑驳的光亮

那一日，我踩着碎银似的月光
独自踱入暮色

夜风偷偷袭来，轻而易举地俘虏了
一个醉梦中的人

尘世中，黑色的斑点，仿佛体内大愈后
不断叠加的病灶。而
隐入宇宙中的星群，又在
慢慢升起

往事逐渐浮现，忧伤中
我靠紧一棵老树，站直了身子。让
一些风，填补虚空的内心

郭友钊

郭友钊（1965—），当代诗人。福建霞浦人，现居廊坊。地质学博士。他的诗歌创作主要是科学诗。他在创作中，遵循李政道的名言“科学中到处有艺术，艺术中到处有科学”，致力于把科学和诗的意味在本质上结合起来，既发掘科学中的诗意，又尽量使科学知识形象化、情趣化、通俗化。例如，人与宇宙的关系，昭示着人生的短暂与永恒的哲理，而揭示这一哲理时，他说“我是宇宙的影子”。又如，“凋零／是一种丰收”，这暗示着生命轮替的辩证道理。即使十分抽象的科学知识，他也写得生动有趣。比如，重新成岩，本来是在高温、高压下岩石的重新熔化，物质相互混合，冷却时重新结晶成岩，到了他的笔下，却是“冰冷的岩石／也曾有轰轰烈烈的爱情”，重铸了“你中有我／我中有你”的旷世之恋。他的诗，从无机界到有机界，从植物到动物，从宇宙演化到人类发展，构成一部人与自然对话的史诗和小百科全书。诗人在《人人应知科学》一诗中这样昭告人们：“科学／是黑夜中的明灯／如果只有一盏／世界还是一片黑暗／但如果有了千盏万盏／这世界将如同白昼。”郭友钊的科学诗，既有科学的冷静，又有诗情的炽烈，二者交相融汇，不但创造了峭丽幽深的物象灵境，而且充盈着烂漫童真的情趣，从而形成了置于具象又超越具象的人与自然的融合与和谐的艺术奇葩！

我思，故我不在

天地生同源
天地生同根
天地生只有不同的年庚
先天后地
先地后生

物我一体
物我一门
物我此刻都是历史的印痕
物归我代谢新陈
我归物死去永恒

心智是自然的所能
进步是自然的失衡
宇宙不可逆事事如烟如尘
我思故我不在
历史浪涛层层

如胶似漆整体
相生相克守恒
饮食男女事事与同门竞争
自私自利也自戕
互济互惠亦互生

山里的杜鹃

城里没有满山的杜鹃
城里人梦游到山里
山脊刚刚扛起小小的月牙
山坳在夜色中沉眠
山谷涧中绿气幽幽
梦游的人不拥有传说

杜鹃烧红绿的山
烤熟树篱内的梦
猩红猩红的彩带
随夜风滚动
杜鹃悠远的呼唤
在山顶萦回

期望的心总是无界的宇宙
失望则是地球上的回归线

东 篱

东篱（1966—），当代诗人。河北丰南人，现居唐山市。他曾说：“我对日常经验写作抱有好感。”但观照他的日常写作，我们不得不放在唐山大地震那场死亡与毁灭的巨大灾难的阴影之下。劫后余生，他感悟到，人活着就是存在：“原来存在，就是存在的初始和终极的意义。”因此，日常生活、个人经验，作为此在生存的根系进入诗歌，即使面临后来的市场经济大潮的喧嚣与浮躁，他的写作姿态仍是谦卑、低势的，只是怀着对人生和诗歌的敬畏，小心翼翼地择取生活原在的诗意，守护充分自由的自我生存空间。在低回、隐忍、柔韧的诗句中，他默默地咀嚼人世的苦乐与悲欢，一点一滴地擦亮灵魂中爱的灯盏。他站在土地上，脚下有养育他的还乡河流过，父母是河中的芦苇，而自然的草木都是他的兄弟姐妹。他珍爱生命，同情生命，敬畏生命，生命是人生的最基本的价值。也正因为这种世界观，他对人世间好的或不好的事物，一律采取涵容的态度，并相信一切都会变好。他的语言，朴素、平实、口语化，具有及物性和现场感。他的日常生命书写，尽管天空弥漫着阴霾，但仍使人感受到大地上透发出来的一缕脉脉的暖意、光芒和亮色。张学梦说诗人是圣母玛利亚身边的人，我说东篱是上帝派往人间巡视众生的使者：原宥和施爱一切！

越接近真相，越……

如果不是用长焦镜头
年过半百了
我还不知道
人间万姓仰头看的
月亮
看起来竟像一只
脏皮球
石灰白的表面
拖泥带水的
还隐约可见
西瓜的条纹
更令人想不到的是
居然还有瓜脐
哪有什么皎洁啊
更何来月华如练
这让我这个半生为文的
穷酸书生
如何寄托下半生的
万古愁

东方白鹳的孤独

那一刻，她独立水中央
仿佛被遗弃的女王
高傲而悲伤地昂着头

那一刻，她逡巡着擦拭伤口
滴血的翅膀
让自由失重

那一刻，悲鸣如风
切割蓝蓝的水域
也切割着我的心

深秋，旷野
一个孤独的灵魂
试图和另一个对话
那忧郁的眼神，始终凝望着我
犹如伤口凝望深渊

王　琦

王琦（1966—），当代诗人。河北承德人。少年时开始诗歌创作。他出生于山区一个农村，最初从灵魂书写出发。诗人放飞自我的灵魂，让它去历险，从大地到天空，又从天空重返大地，穿越生死，穿越历史时空，叩问和探询了人生、命运和存在的本真……诗人经历了一番精神的漫游，然后回归故土，他俯身这温热而恒凝的大地，深深地感到他的生命再也无法与这土地分开了。这里，是他生命的起点，也是他精神的原乡。他永远不会忘记那生他养他的家乡——“金钩屯的屯”。他认为“只有金钩屯，才能听到纯正的天籁之声”。他依然站立在那“滦河水”的岸边，这里流淌的是他童年的生命之水，他是“喝滦河水长大”的，那乳汁一般的水，曾一年又一年哺育他的青春。他立足乡土，敞开胸怀，拥抱乡土上的一切，心存感激，企望神性降临，大地澄明。那原野上的自然万物，那天空中的日月星辰，都于冥冥之中给他以生存真理的昭示。人生在世，难免遭遇磨难和困境，但只要体悟了“天人合一”之大道，顺应此种深度的自然人生，抗拒人性异化与荒诞，摒除遮蔽与沉沦，持守生命存在的本真，便可以诗意地栖居在这块土地之上。诗人王琦诗歌的悲壮歌吟，其话语风格是平实而灵动，素朴而光华，犹如大地之上一株挺立的白杨，在生命季节的轮回中，飒飒临风，树叶摇铃……这就象征了诗人王琦的人格形象和他诗歌的艺术风采！

雾灵山上

我站在燕山之巅，此时刚下过雨
云雾在山腰起伏，阳光折射在云层
这时放眼望去
我刚刚生活过的世界
全在山脚下匍匐

目光所及，我的想象力
已经超出了世俗的允许
正向真理靠近
我能看见一只飞鸟飞进佛塔
我能看见一片森林瞬间倒下

当我看见太阳出来，金色的光芒
照在金顶，照在我们这些肉身之上
我已止不住委屈的泪水
我知道，上天从未放弃过我们

现在，现在我是一棵小小的秧苗
正向上生长。也可能是一小块岩石
已停止风化。总之
从此我的境界提升起来
从此燕山主峰的海拔应该加上我的身高

题醉卧石

你看，今晚的富春江只为我流淌
只为我一个人露出半个月亮
我为太白兄而来，他在这块石头上
醉了一千多年，我还滴酒未沾
就也有了微醺的感觉，随江水摇晃

你看你看，那些生不逢时的人
也都来看你
他们手捧着唐诗，以为生错了朝代
唯独我知道你躺在这里的秘密
不是天子呼来不上船
是因为天高皇帝远

哦，太白兄呀太白兄
能否睁开眼看看，看看这一江的哀愁
看看这些徒劳的人们
诗意不是谁都有的
隔着千年，我痴你醉，而已而已

高　梁

高梁（1966—），当代诗人。河北秦皇岛人。20世纪80年代，他也曾是热血的文艺青年，有过青春浪漫的诗歌之梦，但也难免青葱和稚嫩。后来，经过沉潜和摸索，进入新世纪，厚积薄发，他终于找到了自己的诗歌领地与方向。他是一个在城市里寻根的诗人。其创作目的是为抗拒现实异化寻求救赎的精神力量和为人们找回灵魂皈依的栖居之地。所以，他的乡土诗，不同于一般的乡风、乡情，也没有农耕庆典的沉重。其“乡愁”有新的审美和哲学的时空建构。他的诗，扎根于他的故乡“下洼地”。这是一片狭小但却神奇的土地。它在人与自然的对峙与和谐中，承载着“高粱、棉花、玉米”的生长，大风吹刮着“春花”“秋叶”的生命四季的轮替，河水流淌着“篱笆”“炊烟”“村落”和生死相依的风烟岁月，从而构成了已知和未知交叠的神秘的“秘境”。在这里，诗人带给我们他童年时的诸多生活镜像。田野孕育、滋润着人和万物，并赋予他们自然的伦理：一棵“幼芽”顽强地生长；一只“飞鸟”自由地飞翔；一声“蛙鸣”、一曲天籁的音乐；那河水是“一滴”水和另“一滴”水灵魂交融的婚礼；那远天，把动物、云和草都包容进高悬的心；而“野草里有一个人的泪水／灌木丛中藏着昆虫的一生”……庄子曰：“阴阳和静……四时得节，万物不伤，群生不夭……此之谓至一。”这样，“我融于万物，走过万物／我回到我”。从此，“哦，我会，我会展开／这从容、淡定、清凉的人生”。高梁的诗，踏实、醇厚，但也不乏灵动、隽逸。如果谐音，这些诗是高粱酿的酒，这生命的琼浆，使人们在微醺中，訇然打开了一个别样的哲性乡土世界！

水　　库

自从修建了拦水坝，水底的清泉
再也不能轻易见到

这些水从来没有漫上过溢洪道
闸门也没有提起过。闸门和与之相关的铁
都生了锈。一库死水发出阵阵恶臭

我怀疑泉眼已经干枯，直到水被抽干
淤泥被成车拉走，我又看到清泉
在咕咚咕咚喷涌

水面一点点升起来
没用几天就到达原来的水线

它们不再升高，是这些水堵住了
自身的源头

自然之况味

在阴沉的、混合着煤尘的雾中
柳树的枝条，泛起浅绿

这是自然的安排，但我的心
还是跟着柔软。似乎已经闻到它嫩嫩的
淡淡的香气。我想得出
它披着绿色的长发，在风中荡漾
仿若波涛阵阵。这大海的每条溪流
成为我的中心。天空向它俯身
群山向它倾斜

风中浮着新土的鲜腥，剖开的树木
凛冽、粗犷的香
我了解泛绿的树木中，古老的岁月
宇宙也由它构成

太丰繁了，以至于我要简略
一切都可归于虚无
我洞见虚无的精确的秩序
那抽象的，需要幻象来表达真实
比较而言，我更爱一棵柳树
它不是中心。但它可以是

温　国

温国（1966—），当代诗人。生于北京，现居河北宣化。他的诗歌起步于20世纪90年代，最初汇入朦胧诗潮，个人主体性的确立，以意象为肌质的艺术技巧，雅训的现代汉语书面语，也写得颇具特色。但进入新世纪之后，网络上口语诗的大面积生长，一下子打开了他的诗的新视界，激活了他内在的口语写作的潜能和冲动。自此以降，他改弦易辙，写下了为数不少的优秀口语诗。口语诗主要写被精英化的朦胧诗所遮蔽的普通人的日常生存经验，而此时写诗者也开始“重新做一个诗人”。温国的口语诗，题材丰饶，内容广博，或写坝上的自然风光，或写身边的人和事，或写目之所见，或写心之所感……但在呈现生活的本来面目中，多有敏锐的发现和穿越。在他的笔下，“羊”站在山上不动就是“一块石头”，草原上的“一滴雨”就是“一盆水”；年轻的“小区保卫”却热衷于“养生”，令他惊异；一只从喝水到喝酒的旧“搪瓷缸子”，见证了历史的变迁；“冬天的麻雀”，即使地上没有“草籽”，仍“执着地啄着土地”，

“一如从不离开这里的乡民”；在“失眠之夜”，于心灵的屏幕上展演着“一张脸又一张脸”的“善”与“恶”的对决……这些诗具有浓郁的世俗生活气息，可以机智、风趣，也可以反讽、幽默。其口语特点是：指向人的日常生活的具体存在，并使之敞开；用词平朴、自然，不做作，少卖弄；造语简洁、明快、干净、爽利，直抵事物本质；语势语态大多从容淡定，冷静沉着，行止欲知。这从而凸显了诗人的人格气质：温柔敦厚，优雅睿智，内敛而机锋，沉静而凌厉！

城　　堡

K 坐上雪橇时
我正好从高远门
进入城堡
城堡里的炮台上
摆着一门大炮
另一个炮台上摆着坦克
我来到坦克的炮台
有两个孩子正在拍照
一个穿牛仔裤
另一个穿着花裙子
她让我知道了
这是夏天
树上的叶子
在傍晚闪着光亮
K 去了哪里已经不重要了

呼啸而去的高铁

对岸的他刚拿出鱼竿
一列高铁就从他背后驶来
它的速度真快

快到我还没有出来
它就消失在我身后
远处的九孔桥上
一列火车正在通过
我数到 16
火车通过了九孔桥
对岸那个拿出鱼竿的人
已经坐在河边
他身后是绿色的芦苇
身边是一只红色的水桶
他怎么把鱼漂甩进水里的
我没有看见

风　涛

风涛（1966—），当代诗人。原名冯印涛，生于河北献县，现工作在张家口。毕业于河北师范学院中文系。大学期间开始写诗。此后，他的诗歌之路随他的人生之旅而辗转变化。先在华北平原，继而在京畿之地，最后是塞外坝上。他创作的迁衍，也由早期生活投入心灵的波动，从内心走出来，转至对外部世界的打量和拥抱，从“向内转”到“向外看”，实现了一次有重大意义的诗学轮回。他的青春期写作，上大学时，是“男同学和女同学”“周末舞会”“渴望”“思索”；工作后，在人生的十字路口，是“红绿灯闪烁不停”，面对“迷茫”，他“拼却全身的热情／燃亮眸子／证明自己”。人至中年，一切都归于平稳、有序，虽仍需搏击，但已天高地阔。“塞马秋风冀北”，这里的历史渊源，极为久远。五千年前“三祖文化”的神韵穿越时空，展开了一部永远也阅读不完的民族的历史宗卷。“塞外苦寒”，冬季风硬天冷、水瘦山寒。然而，其自然环境优美，坝上草原辽阔，坝下良田广袤，蜿蜒曲折的河水从大地上流过，灌溉着两岸的禾稼。在生态文明的今天，诗人坚持绿色写作。他写“风筝，是草原翱翔的一种姿态”，其实是“心在飞，梦在飞”；他写“康巴诺尔”湖，“那是一滴泪”，映照着蓝天白云；他要用生命，用血的澎湃，“捍卫我的绿色江山”！刘勰曾说：“若乃山林皋壤，实文思之奥府……”诗人的创作在一定的地域内进行，地域文化鲜明的特征，也规定了他的美学风神：厚重、雄奇、开阔、奔腾……

葡萄，一个人的生活方式

只说秋色

省去从泥土拔痛的细节
用枝叶剖开雷电，取出光的种子
把每一粒都育成太阳的子嗣
有了拥抱，就有了共同的幸福

可以群居，可以独处
从季节的歌声中选择修炼的方式
用泥土拢起心跳
每根长藤都是起伏的电波

风在葡萄园中展望
一叶封喉，所有枝条都涨满情欲
骨脉嵌入无数呐喊
用灵魂悄悄寄宿秋天

秋天，是葡萄的生活方式
葡萄，是我的生活方式

人间四月雪

是我老了，还是我的草原老了
四月，还要用雪漂一漂白

在没有一枝桃花响应的春天里
雪上演着最后一场浪漫

我听见雪在叫，草原在叫
还有泥土伏着身子大声地呼喊

风，推醒梦已干枯的虬枝
把一束雪花抢先送在春的面前

四月雪，阳光一样高高举起
我才看清
这枚雪白的贝壳，我已追索多年

李木马

李木马（1967—），当代诗人。生于河北丰南，现居北京。李木马就职于铁路系统，参与了青藏铁路工地的采风工作。《铿锵青藏》是一本歌颂青藏铁路及其建筑者的诗集。青藏铁路是一条神奇的天路，犹如一道彩虹，架设起祖国山河的天堑通途；又仿佛一条哈达，飘动着雪域高原儿女的圣洁、吉祥与幸福。青藏铁路全长1956公里，是中国铁路建设史上的一座丰碑。然而，青藏铁路穿山越岭，所在之所高寒缺氧，冻土广布，施工难度极大。这令世人惊叹的伟大工程，是用许许多多默默奉献的劳动者的汗水铸就的，一代又一代铁路人为之奉献了自己的青春年华，有的人甚至牺牲生命。那在钢铁上“绣花”的高级焊工、酷似保尔·柯察金的冻土专家、普通的筑路工人、首席指挥……李木马在诗中歌颂了他们的牺牲与奉献精神，“谁又能说／这不是生命之花的芬芳呢”？在诗人看来，青藏铁路将雪域高原古老的文化与“钢铁”所代表的现代文明融合，复活了史册中的“丝绸之路”。更为可贵的是，《铿锵青藏》中不但体现了一种雄浑、壮阔的传统的崇高之美，而且也展现了力量、速度、动态的现代浪漫色彩。他在创作手记中说：“我一直在铁中找铁”“我在‘我’中找铁”“找血肉和骨头中的钙”。诗人用蘸着汗水、响着钢铁、带着青草气味的个人体验的话语，沉实、高远而铿锵，把它们投向宏大的历史时空，在诗中很好地讲述了有血性、有骨气的中国故事。

站在高处和曹雪芹一块儿写《石头记》

高高的路基上目光朝北一溜达就是丰润县城
淡雾中
就望见穿布衫的曹雪芹

“我们也在写《石头记》
这是交通篇中宏大的一个章节……”
花岗岩　高强混凝土的故事框架是结实的
连细节　也经得起时间和风雨的推敲

月光下　透明　呼吸
桥墩是亭亭玉立的金陵十二钗吗
托起六条脉络上延展的情节
而我　也总是理不清数字之间的暧昧关系
才到这儿请路过平原的风
梳理梳理凌乱的头发和思绪

京城　丰润　辽东
有意思　这条脉络竟串起我的三个老家……

曹老先生说完笑了笑
长衫一摆　还真的坐下了
“和您一样当活泼的肉体在大地上消失
会剩下一种东西

永远地占领这片天空”

桥台的小桌上嚼花生米
曹雪芹家酒把午夜的月亮泡软了
好像还谈到了我的林妹妹

雾绕岚山

雾是山的思绪
也是树的
山对雾很缠绵
树也是

认为山和树没有思绪
主要是人的问题

我并不是说
一览无余的山水
和纯粹透彻的人
都有点儿乏味

井秋峰

井秋峰（1967—），当代诗人。河北文安人。文安，自古被称为北国水乡，西接白洋淀，东傍子牙河，大清河从域中流过。百里长堤，千顷禾稼，天上飞鸟，水边芦苇，即使现在的现代化建设正改变着一切，然而，作为文化历史的底色却仍保有农耕文明的恒久性。秋峰自幼生长在这块土地，童年摸鱼捉虾、张网逮鸟的记忆，一脸水、两脚泥的戏耍的回想，内在地萌动了他以苇眉子编篓似的诗的最初创作。大学毕业后到县城工作，他往来于城乡之间。他在城里工作，生活的节奏仍踩着乡村四季轮替的步履，而面对世风的浮躁、喧哗，依然不忘生命原初的本真。他的诗，大部分属于乡土书写：乡土记忆、记忆中的童年、父母的辛勤劳作乃至春种秋收，皆留存了家乡时令节气的人文习俗。他同时关注城市中的弱势群体，但这一群体也多是来自农村的人，诗人写他们的艰辛和对尊严的维护。诗人写自己的青春、自己的爱情，但此种情爱，也是乡土培植的恋情，与草木的生命一起同生共长。他也写日常生活，但总有灵魂在场。他说："我的眼中不是只有美好，但我选择祈祷，选择忏悔中的救赎，热情地赞美良善，在赞美中过滤欲望。"诗人的主体形象，犹如立身秋的深处的农民，仰望蓝天，看那南飞的雁阵，以一个"人"字标举在历史的时空，这该有多少人类生存的智慧与奥秘的领悟啊？！他的诗写姿态，不是居高临下，而是"低势"进入。他有一颗平易、善良的心，从不傲视一切，而是小心翼翼地关照外物，点点滴滴地打理人性中的温热。他的诗，是生活诗。其话语特点是：言为心声，口语入诗，真实呈现，物象灵动。其整体艺术风格，不但是"道法自然"的"俱道适往，著手成春"，而且又有几分"明漪绝底，奇花初胎"的"精神"（司空图《二十四诗品》）。这就是诗人的人格襟怀和他的诗的艺术流韵！

一　棵　树

一想到人终有一死，我们向死而生
难免悲伤

一想到死者不断被我们纪念，死
是另一种活法
又让我们变得坦然

人多像一棵大树
生是它的地上部分，死
是它的地下部分

钉　　子

是一枚钉子
大地上有多少人就有多少钉子
如同钉子抓着木头
人死活都抓着大地
活着的时候
我们是露在外面的钉子
死去后
我们是没到土里的钉子

冰　与　火

夜是多大的一桶水，可以放进一切的水
置于熔炉旁边，那硕大的日头
阳光是它的火焰
尘世的人，不论男女，不论老幼
在时间大锤的击打下
一点儿一点儿，由冷到热，由热至冷
多像钢铁在淬炼啊
在大地上，一个人是一把刀
坟墓，是刀鞘

孟胜利

孟胜利（1968—），当代诗人。生于河北石家庄，现为一名邮政人员。他诗歌创作起步较早，至今已出版诗集七部。他自谦：“自学，学浅。”他写诗有几分天赋。首先是极其敏锐、新鲜的艺术感觉，其次是生命阅历和体验的积淀，最后是诗性话语的创造和操控能力。在这三方面，诗人都抵达了相当精彩与独到的地步，并日趋极致和成熟。“艺术是感觉之花。”诗人敞开襟怀，拥抱大千世界。人间世相、自然风物，但凡所见、所闻、所思、所悟，皆可入诗。诗人的感觉是一个重要的审美中介。如《早春》“远春是旷世风尘中／飘浮飞翔的生命”，《夏天》“饱满的庄稼，早春出嫁的／新娘”，这些感觉都是奇特而生动的。从青春期写作进入中年写作，诗人的人生体验和心境也从喧哗中的“寂寞”和人群中的“孤独”，而走向看透世事的澄明与淡泊，既有秋的收获丰饶，又有即将来临的迟暮，因而，充实中难免有几许悲凉。他说：“人生的冷寂与无常／仿佛祭坛前的火。”但他仍《相信》，大道不死，它“用伟大的力量／承接着人类的伤痛与荒凉”。他的诗，有自己的话语体系，在情景交融、物我感应中，不但致力于诗歌形式的秩序感和形体感的构建，而且运用内心语言，经由思的运作，给予外物与情理命名。其特点是诗形简约、自由，分节明断暗连，具有鲜明的节奏感和韵律性，话语素朴、纯净、清隽、俊逸，总体风格可用郑板桥两句诗来概括：“删繁就简三秋树，领异标新二月花。”

早　　春

远春是旷世的尘风中
飘浮飞翔的生命
饱经苦难，比夜色更沉重
给你，一个盼望的灵魂

让大地开遍鲜花
让孩子快乐，好比青枝绿莹莹

远春怒放
谁从盈满的梦想身上
体验劳动的艰辛
那时，忘却人在何处
看生活是一只尘风中的风筝

夏　　天

最好的日子，天蓝水清，暖暖的
风吹过来，小满之后的日子
就是这个样子

饱满的庄稼，早春出嫁的

新娘；啊，都饱满了——
她可以骄傲地笑着

身旁的男人，低头哈腰，在夏天的
滹沱河边，十里花廊。一个有孕的
娘子与她的夫君

在庄稼地边，在十里花廊之间
游走。这就是生活：或劳动
或休憩。最美好的日子
是天蓝水清，也该有
暖暖的风吹过来

经风过雨也不怕。他们，在互相地
端详，让日子结出夏天的硕果
不说话也那么美好

刘国震

刘国震（1968—），当代诗人。生于河北南宫，现居邢台。鲁迅文学院首届公安作家研修班学员。1985年开始发表作品。1986年入伍，有长达十五年的军旅生涯，后从事公安工作。他一直守持一个军人的灵魂，保卫祖国，维护安定和平。他的灵魂是向世界敞开的，爱情、亲情、乡情和对社会的关注，围绕着军魂，涂染了他生命的多重色调的图谱。诗人的军魂的基调是葱郁的绿色，“我是战士／是披一身国防绿的军人／绿　是我的生命”。他的爱情是玫瑰色的，“偷偷地偷偷地写你的名字”“从笔尖绽出的是一朵朵花吗？”。他的亲情是思念的月色，“我问柳枝／为什么拥到月亮身边／她说／我用柔细的手／抚慰那一颗孤寂的心”。他的乡情是大地上收获的金色，“收割完麦子的双手／还飘溢着淡淡的清香”。而关于时代的咏唱，关于革命传统的回忆则是鲜亮的红色，“挚爱，如一团燃烧的烈火”！这些诗的多重色调，都是根植于他生命体验之上的，诗人的脉息与血液在诗行中穿行。从诗的斑斓色彩中，我们感受到了诗人丰富多彩的人生经历，那些鲜活的精神触角，那些深切的生活感悟，那些生动而细腻的情丝意绪……诗的色彩传导生命情调。这种复合性的生命情调，组成诗人生命的和弦。演奏这和弦的诗歌话语，虽说不上大气磅礴的雄放，但在畅达中别有一番明丽、自由、舒展、纯净的韵致。

故乡的老屋

顶塌了梁斜了
老屋已老得
燕子都不来筑巢

门前那棵枣树
也老得不再坐果
只有满院荒草
茂盛得令人惆怅

笑貌还在
音容还在
那热气腾腾的一家人
只能从记忆的深井里打捞

养一群儿女
将他们放飞到城市栖居
一辈子种庄稼的人
最终将自己
种进了那片
脚下的热土

蚕

吐丝吐思吐诗
一个满腹经纶的
天下之虫

丝未尽
茧已成
孤独疲惫的灵魂
囿于自设的囚笼

你吞噬桑叶
是什么
咬啮我心

宋峻梁

宋峻梁（1969—），当代诗人。中学期间开始发表诗作，上大学时创办“林外林”诗社。他的诗歌是真正的日常生活写作。他灵感的触角直逼自我和近距离事物，写自己的生存状态和日常的细枝末节，并时有令人惊奇的感觉发现。一朵花、一棵树、一只鸟，一阵风、一场雨、一轮明月，一件事、一个场景、一种作为，一次观察、一丝感动、一瞬领悟……或画面，或印象，或言说，或叙事，或哲理，或寓言。诗人与身边的一切生活意象打交道，和它们对视、对话、交流，它们也以声、形、色彩映射与烘托出他生活的平凡和幸福。这样的生活普通、寻常，但在平朴中跳荡着新异，也能一下子激活人们的生命感应。在这里，诗人运用的是纯正的日常交流的口语。它贴近心灵，根植生命，生动、鲜活、直接、此在、具象、真实。它不是没有修辞和技巧，比如，对比、张弛、大小、显隐等，但这都来自生活本身，因此不缠绕，不粘连，不显造作和卖弄的痕迹。以这样的日常口语，表现和再现日常生活，就可以毫不费力地打开诗意的时空，并在其中形塑诗人主体的生命形象，凸显他的精神气质。他的诗的意境，细腻轻灵，简洁明丽，宛如文人的水墨小品画，古朴而又现代。诗人就像平原上一棵普通的白杨树，树上长着眼睛，站在大地之上，质朴、挺拔、亲和，迎着季候风，抽枝长叶，飒飒摇铃……

寺　院

年轻的女师父撞了三下钟
匆忙就往外走
年老的女师父手里攥着一本经卷
在广大的屋檐下独自
走来走去
也不抬头
钟声遵循某个时间
招呼三三两两的女尼
往经堂集中
梵唱加重了大地上的烟色
寺院外的化工厂、养猪场
也罩上了一层肃穆

鸭　子

雨停下来
鸭子们喜欢的一段路
仍然泥泞
它们扁长的嘴巴在泥水里寻来找去
也许有一尾小鱼还活着
有一只蝌蚪还在游

天空已经蓝了
天空的蓝无法降落进这片泥泞
鸭子们欢叫着
呼扇起翅膀奔跑
比起干净的雨水
泥泞仿佛就是一次盛宴

夜晚降临时，天空还有光

道路多么陡峭啊，驾车的人
在爬一棵大树

树就在路边，枯草和砖石间
红灯亮了，前面的车停下来
后面的在踩刹车，按喇叭

夜并不黑，但是描述起来要用这个字
夜晚降临时，天空还有光
如一把扫帚打扫拥挤的城市

石英杰

石英杰（1969—），当代诗人。河北易县人。他出生在易水河畔。他的乡土，不仅是地理版图，也是历史版图，更是精神版图。古代荆轲刺秦，燕太子丹易水送别，遂有人高歌道：“风萧萧兮易水寒，壮士一去兮不复还。”其精神意脉，作为历史原型，绵延至今。所以，他以开阔的视野，写社会人生，就具有历史与现实的承载力和包容性。他的地域乡土书写，也有别于任何一般的乡土诗，厚重、沉凝、宏大。他把自己沉埋在河水之下，谛听悠久的历史回声。有了这样的情结，生长在乡土之上的村庄、林木、禾稼，父母、亲人、朋友，就都有了神圣、顽韧的生命。暗夜长空，明月孤悬，连大山都像是“沉默的修行者”，它以白杨之“竖”与河流之“横”，做成一架古琴，仰望归鸿，拨动琴弦，弹奏了一曲“从离合到悲欢，从万物生到万物灭”的自然山川的鸣奏曲，在天地间久久回旋。有了这样的生命律动，就有了诗歌掷地有声的金石语言。诗人以它的坚硬、棱角、光芒、质感，面对人世间的不公不义，面对自然的惨遭毁灭。有荆轲塔在，还有什么话不敢说？！古道热肠，侠义情怀，内化为诗人的灵魂，孕生了他诗歌的燕赵风骨！

荆轲塔是件冷兵器

微光渐渐退去。这件冷兵器
遗留在空旷的大地上，只剩一个剪影
像小小的刺
扎进尘埃，扎在诡秘的历史中

将枯的易水越来越慢
像浅浅的泪痕
传奇泛黄，金属生锈
那名刺客安睡在插图里

天空下，那个驼背人
怀抱巨石一动不动
他的头顶
风搬运浮云，星辰正从时间深处缓缓隐现

下 雪 了

雪下得很慢，很轻
下着下着，沟壑被填平
下着下着，下白我的头顶
下着下着，下白仇人的头顶

雪继续下，小城车水马龙
无论黑的，还是白的
下到最后，能白的全白了
我和仇人之间
剩下的全是雪，那么白，那么干净

仰　望

我长久仰望星空，星空也望着我，默不作声
我长久凝视命运，命运也望着我，默不作声
它们太大了，而我又太小
我试图从繁星里找出对应
可每一次都以失败而结束
我寄宿在大地，但找不到边界
我活在时间里，却难了解始终
那些遥远而神秘的，我知之甚少
我的命不是自己的，我知之甚少
是神偶然借给一具肉体，用具体临时替代空
此时，我被迫站在这里，像风虚拟出来的黑影
我始终没找到送信的人

殷常青

殷常青（1969—），当代诗人。生于陕西眉县，现居河北任丘。1989年开始发表诗歌作品。他就职的华北油田，是中国石油史上一个最大的古潜山油田。那标志着现代工业文明的高耸的钻塔，显得古老、神秘而又年轻。诗人作为石油人，他以自身的生命体验歌唱石油工人的理想、激情、磨难、奋斗、奉献。“因为石油，也因为／祖国／我向你致敬”：那“荒野”，那“脚步”，那“黑暗与篝火”，那“烈酒与热血”……他是一位石油战线的诗人。他走遍大地，漫游山河，深入自然，亲近自然，倾听万物运行在自身心灵回音壁上震响的声音，从而在天人感应中，实现自我的超越，获致生命的绽放。“羊不吃的草。你的泪滴／也是我的伤痛呀。”“鸽子。鸽子。我是你遗忘的一滴鸟鸣，／还是你撒下的一粒青青的种子？”石油人在荒原上从事崇高的建设事业，使诗人的日常书写也不同于琐碎的庸常，它真实而超迈，往往从具体事象中生发出一种哲学意味：“一个中年人，空／白，是最美的”“钟声在背后敲响／流水涌向远方”。

后有催促，前有远景，像鹰一样，穿过“生长与死难”，“飞／飞／让大地涌向天堂”。他的诗的节奏，来自大地的脉动，来自心灵。诗中的语言，简约、精致、凝重，不仅是世界的命名，更是以其尖锐性直达生命的本真。它不是外在的点缀，而是内在的音响；不是装饰性的帷幕，而是诗人灵魂的去蔽、敞亮与澄明。它在“祛魅”与“归魅”的往返冲折中，具有一种独特的艺术魔力。

这 个 词

瓦蓝或者丝绸，蔚蓝或者锦绣，一直都是——
一个词在试图挽留，一直都是一个词，在暗暗滋养，
温润着缭乱的纸张，让鸟飞于林，花开于野，
远山在烟岚中慢慢起伏。一直都是——
这个词。让恋爱的人，相见于树下，让万物远去，
让那爱比爱更大，更简单，也更干净。一直都是——
我体内的一座果园，放置着心跳与朝露，一直
都是一望无际的清香，纠结和缱绻，在肺腑间，
一直都是柔软这个词，让我看见，同时也被看见，
如同生活形而上的部分，一首永远写不完的诗——
一直都是这样，无论想起或遗忘，这个词——
一定是存在的，但一定还有许多人对它所知肤浅。

火车开向暗处

火车开向暗处，如河岸延伸到脚下，也延伸到远方，
如两片快要闭合的夹缝，我听见了广阔的世界——
在一片寂静中慢了下来，我听见时间的破绽——

我听见，那首写在春天角落里的小诗——
那个柔软的相思，在生活的灰尘里深深地呼吸，

似波涛汹涌，又似泡沫破碎，没有一点儿疲倦之意。

火车开向暗处，月亮升起，抱着整个平原的宽广，
火车开向暗处，松开我的现在，拥紧我的将来——
那是我的小时光，小岁月，我所能看见的小黑暗——

它们在路上，如河流的走向，如风继续和风相遇，
如我的旧森林，旧木门，还有旧天气，旧身体——
在黎明到来之前，一切都那么值得期待与热爱。

火车开向暗处，向上的台阶通往寺院，胸怀火焰的人，
心是低的，浅的，朝着秋草伏倒的方向——
任凭火车带走我的烟花，我的诗篇和我的小祖国——

在暗处，有我已经远去的亲人，还有那含泪的，
鸦雀无声的召唤。火车开向暗处，那里距伟大的星空，
已经很近，那里，有更热烈的爱，奔流不息。

蒲素平

蒲素平（1969—），当代诗人、诗评家。笔名阿平，生于河北隆尧，现居石家庄。鲁迅文学院第三十一届高研班学员。他曾就职于某电力公司，负责野外高压线路施工。“大风吹动的钢铁”，输电铁塔托举着他生命的高度。旷远，明亮，绿地，野花，女孩，电和虹，标示了大工业的现代文明。“站在春天的风里／我们和春天一样饱满。”“钢铁”的坚硬与“梨花”的妩媚，爱与汗水，铸就了普通劳动者的价值和尊严。然而，诗人作为一个浪漫的人文主义者，他的诗不可能囿于一种事物，一类场景。“大风吹动着地平线／我张开怀抱，迎着逆风飞扬的你”：大好山河，历史云烟，八百里太行峰峦叠嶂，大平原故乡茅屋炊烟。回风流转，一切归于日常。风和日丽，星空灿烂。但置身当下物化与媚俗的风习，他也感到人性异化、灵肉裂变的生命之痛。于是，他在孤独中思索、寂寞中冥想，或以爱情、亲情、友情慰藉心灵，或重读唐诗，在“另一种写法”中鉴古知今。他在更大的现实时空中探求人与万物的生死与明灭。女儿给了他“生”的责任，“父亲教会了我死”。诗人的生命从“绿柳”拂风进到了“落叶”飞扬，“风”是他诗歌贯彻始终的原型意象，流动、空灵、无影、无形，但在与各种物象和景象的碰触中，被赋予千姿百态的形状，并负载千变万化的哲思与感情。风，从虚无中来又到虚无中去，它经历了无数人与自然的生死轮回，让人们体认到本真的“爱”是生命存在的本质。他的诗歌话语风格也像风——雄厚、辽阔、奔放、苍凉，正所谓：“天地有长风，生命自浩荡！”

冬天，在大梁江的街上走走

一块又一块石头，横七竖八地铺在路上
我无事闲走，就一直走
想古事，也偶尔从古事里抬起头
看看几百年前的人，他们是什么样子
他们在这间、那间房子里
读书说话生子繁衍

那么青的石，还青着
我踩上去，影子应该与古人差不多吧
那些落叶翻卷着，应该与古人时的落叶差不多吧

我回头看了看
四周清冷孤寂
我仿佛成了古人

草原归去

草原归去。内心不停地打铁
那些没了膝盖的草，就要枯萎了
那些刚刚四射的火星，转眼
就成了往事

越走越远的河，摁下波涛
昨夜的雨，直接落在了稿纸的背面
打草的人，为羊群备下粮食的人
被风雪收藏

看不到天地的尽头了
漫漫归途，只容我去怀念
一颗不甘的心，从少年开始

如此，不如长歌
不如在一碗酒里爱尽人生
不如把坏脾气变好，把急脾气变慢
慢到星河干枯，慢到天涯尽显
如此，荒凉着
走在余生之途上

刘巨星

刘巨星（1969—），当代诗人。笔名北辰，生于河北晋州，现居石家庄。曾在廊坊师专作家班学习。中学时发表诗歌。他的创作，多写乡情或儿时的记忆，父亲用长竹竿“打核桃”，“蝈蝈”的叫声是“透明”的，“喊我回到草窝”；或回望时的遐想，“一群羊在山坡上吃草／在我的仰视中／向云朵慢慢靠近／我收拢脚步／在黄昏之前，忘记回家”“捡到一块石头回家／把大山浓缩进心里”。一个出生在农村的诗人，对乡土有割舍不下的情怀，虽然与故乡失散，但乡愁依旧。诗人工作在城市，日夜繁忙，但他仍牵系着故乡的春种秋收。天旱了，他怕耽误了播种，雨多了，他又担心麦子的收成。每一个节气时令，都挂在他的心上。诗人生活在北方，天高地阔，尤其是冬日，“北风其凉，雨雪其雱”，不但草木摇落，白露为霜，而且天地人间，冷暖炎凉。他的诗笔又聚焦家乡：“奶奶”怀里的孩子，“早已溺亡”，但她仍在“荷塘边呼唤‘孩子回家’”，“千里之外，母亲的泪珠跑回来跟它汇合／荷叶托住小村下沉的天空”。“初冬”时节，“风吹落叶”，“我”看见这样的细节，“一个老得不能再老的老人／他行动迟缓，晒完太阳／收拾干柴，准备过冬”；还有女儿喜欢的“一抹晚霞”，还有“雪漫千山”，那“一行歪斜的脚印”；最后是“雪消门外千山绿”，“东风正在催动一场盛大行动／统一用绿色装扮万物容颜”。故土情愫，人生四季。诗的主体是生命，语言的本质是诗。诗人以平实、质朴、爽利的话语，打开了他本真、诚挚而又洒脱的生命情态和人格风采……

荷塘朝露

接替青蛙喊晌，失魂落魄的呼唤
让荷叶支棱起耳朵

怀里赤裸的孩子，早已溺亡
奶奶冲着手机喊孩子回家，喊一声她就抽搐一下

魂魄太小，并不能远走
在荷塘留守，只是已没人捡得起它

露珠有些后悔，几次想站起来
几次失败，只能在荷叶上来回晃动

千里之外，母亲的泪珠跑回来跟它汇合
荷叶托住小村下沉的天空

呼喊没有停下来
声音更加沙哑，而且传得更远

一只翠鸟看不下去，扑棱棱飞起来
它想把母亲扶住，陪她一起回家

何以解忧

小黄狗认不出皮皮和东东是不是同一个人
看着这对双胞胎，它彻底蒙了
流露出的忧郁，跟人一模一样
就像是想起曾经忘记的事情
莫非，它会接续忧伤

甚至，有时候
动物和人会使用相同的眼神
悠闲漫步的老母鸡，像极了隔壁张大娘
觅食，抱窝，暄土中洗澡
偶尔扭回脖子，叫一声
我的乳名

张　非

张非（1969—），当代诗人。原名张明耀，生于河北张北。他学理科，从事商务，跫音与目光不止于华北，还探究过黄河、湘江等。1989 年开始写诗，有诗集《布景》问世。他的诗，视域敞开、广大，花草树木、山川河流、四时交替、风霜雨雪，都以家乡为轴心，交盈于他的笔下。他是一个故国大地上的游走者。诗中有两个醒人心目的意象：蝴蝶和骏马。蝴蝶飞舞于草长莺飞、细雨润花的江南，骏马奔驰于黄河岸畔、广袤无垠的草原。他从滋育人类的大自然中汲取爱的源泉和生命的力量。他行走在恒凝的大地上，由自然而入人文，由人文而入历史，而这些自然、人文、历史，最终都落脚在他的“原乡”，并从思想的“原乡”生长出诗意的深邃、开阔与豁达。这里有一种自我主体“向日葵”：“我的意识和行为／好比故土和葵”“为了所谓的光”“田间独守的葵花／交出了籽／也交出了满腹的心思”。他精神独立，依际遇而起舞，正是际遇，构成了他的舞台布景，种种的布景，注释着他日常生活的底色与诗歌作品的形意之间的纠缠。他以汉字排兵布阵，打造灵魂的营盘，其话语构成是七分圆熟、三分生涩，而正是这种生熟相间，彰显了他诗意的生气、活力和表达的有效性。

初　　雪

唯物者　珍重
多年后我写下这一句
雪簌簌落下来
仿佛是未来的某一刻
挡住了我的眼睛

雨　　中

镜中看雨
若山中取出石头

石头中取出风尘
就够了

玻璃的想法是：
不够

有关城乡

城乡建成了唐诗的样子
但韵脚却常被扔到二环路之外

郊区应该就是宋词了
想自由点儿什么
又不太松弛

所以我喜欢的乡村
必是元曲的模样

荒凉　散淡
如一声狗吠

晴朗李寒

晴朗李寒（1970—），当代诗人。河北河间人。诗人于河北师范学院外语系俄语专业毕业后，曾以翻译的身份游历俄罗斯多年，拜谒过圣彼得堡的普希金的铜像，从那里带回了西伯利亚的冰雪和自由之火。他回国后的本土诗歌写作，也不可避免地浸染上温热和冷冽。他作为一个漂泊者，不管命运遭遇多少挫折和风雪打击，总是能以从容与冷静的态度坦然面对，不躲闪，也不逃避。他的先天禀赋中有一种沉郁而进击的气质。他一方面安于现世幸福，满足于日常生活，另一方面又不断质疑和叩问：关于孤独，关于生死，关于爱恨……岁月蹉跎，他感受到“流年”的催逼，但仍然血热、气足。他渴望过一种简单的生活，甚至爱上了“单一”、“粗糙”或“残缺”，即便遇上了雪，也是“初雪”，轻松而大面积覆盖。他追求平凡中的高贵，卑微中的尊严。他的诗，窥探文字的神秘，像西西弗斯那样，不断搬运母语的巨石，然后，在小与大、轻与重、明与暗之间，构筑起具有巨大艺术张力的诗歌殿堂。他把一切诗性话语，都置放于自我生命的心灵上，面对虚无，处于暗夜而不黑，让灵魂从沉重肉体的围困下破壳而出，完成一次又一次的“飞翔的蜕变”……

孤独之书

我坐在阳台上读书。
正是五月的黄昏，小雨，薄暮，
空茫像大海，涌进我的窗口。
鸟雀归巢，它们快速而热烈地交谈，
我听不懂，
不会太久，喧哗渐渐平息。

在五月的阳台上，我在读
一本有关孤独的书。
艺术，美，情欲，
它素白的纸，幽蓝的插页，
在我的手中，像一块南极的冰。

这具肉体，我认识了快四十年，
争执，厌倦，安抚，
这个下午，借助这本书我才开始和它
平静地对话，
对死亡才有了耐心。

房间空寂，尘埃扫净，
身边的米兰吐着小朵的泡沫。
对面的窗子，亮起橘黄的灯光。
纸页上的字迹慢慢模糊了，

而我的内心，
带着些微的疼痛，
刚刚被某种柔美的光芒照亮。

旧 照 片

这个人我在哪里见过，我看到他
从发黄的相纸上
投来的目光，让我不敢直视。
他早已不在人世，他的青春被定格在
黑色的相框中，穿过岁月的烟尘，
他皮肤的弹性和光泽还在，他的
唇角还在向上微微翘起，
那镜片后的目光，啊——
像穿透宇宙的一颗彗星的光芒，
经历了多少光年，
才让我们看见。

见 君

见君（1970—），当代诗人。河北永年人。他的诗的空间和色调，是冷峭的、奇崛的，明丽而又隐晦，凄清而迷蒙。这是他自我的独立自足的艺术世界，其中潜藏着他个性化的生存状态和特异的思维模式。然而，这一切，都导源于他锐敏而锋利的别样感觉："花儿"是"莫名其妙"的，"三月"是"奇幻"的，裁一张白纸竟"惊心动魄"，"元宵"夜的"烟花"却照亮"死亡"，丈量生命诡谲地想到"钉钉子"……意与象在感觉上远距离交接，便形成了象征意象、隐喻意象或寓言意象，他把生命安放在"生—死"之间的意象丛莽中，小心谨慎地辨别它的走向，惴惴恐惧地思虑向死而生，而生有多种方向、多种可能、多种选择。他在其中游移、徘徊，寻求生存的价值和此在的奥秘。在此基础上，生命与语言遭逢，生命之思必带入语言。语言与感觉、意象同步发生，就不能不涵泳着诗人的天赋、智慧、秩序感和形体感。以词语为生命的瞬间绽放而命名，就完成了诗的构造与完形。他的诗，有一种骨子里的生命硬度。诗人的主体形象，犹如秋风中摇曳的那株“红高粱”，虽然最终要被“砍头”，但它的火红却昭示了那曾经有过的生命的充实与净朗！

心 事 重 重

抱着，
一块心神不安的
石头。
在大地的背面，
你和月季花站在一起，
笑对，
春天的病容。

我用凋谢后的蜡梅，
换了一盆红枫，
小小红枫，
放在明净窗台上，
你的期许，
被它猜中。

我的
勇敢词语，
在回家路上，
遇到你精美的手指。
你蓝色的对襟袄，
所有纽扣，都心事重重。

胜　　利

悲恸的大旗，
插在了光的骨头上。

河水决堤了，
刑满释放的波纹，
微笑着，
在往岸上涌。

一棵棵，身缚巨石的大树，
艰难地走过来。

蜕掉了心之皮，
人们，
热切地站在，寒风中，
仿佛，有所期待。

吕　游

吕游（1970—），当代诗人。原名吕洪友，生于河北沧县一个乡村，现工作在沧州市。他的诗歌创作开始于新世纪网络兴起之际，一直以来，存在着两个维度、两种走向：故土情结的书写，人生奥义的探寻。土地，是诗人的生命之根。他的家乡故土，有他的父母、亲友和乡亲。年逾古稀的母亲的七次坎坷、七次磨难，仿佛她用七星北斗之勺淘尽了暗夜，“好让黎明之光，欢快地／淌过我生命的河床”……诗人从家乡出走，来到城市，由于文化语境的转化，感到了灵肉撕裂的生命之痛。他运用“悖论思维”，以非常规手段来拆解现实生活，并找到内在逻辑。他的“削苹果”，削去的是时光，是生命，留下的是虚无，是灵魂的完整。肯定中否定，否定中肯定。反讽，也是一种颠倒的逻辑之美。唐朝的“圆月”，这生锈的“古钱”，让我们今天“细细打磨”。吕游的诗歌，“疼痛”是一个分量很重的关键词，“有一枚钉子／是揳进灵魂里的／……我紧咬牙关／绝口不说出这个秘密”。诗歌的疼痛感，在压抑与反压抑、禁锢与反禁锢的矛盾运动中寻找升华的可能。诗人对于生命、生存、人生似乎具有一种与生俱来、深刻而敏锐的诗性直觉，在荒诞中剥离出圣洁的灵魂，于困顿和无奈里挺立起人格的尊严与高贵。他的诗，经历了三十年的实践摸索，逐渐确立个人的主体性地位，从现实生活日渐深入内心深处，走出了一条从繁复生活的描绘到澄净心灵拷问的诗学之路。他的艺术风格，也从质朴、深厚、纯净，转变为沉郁而超拔、隽永而犀利！

点　　灯

不点燃，再好的灯也是瞎子
再好的夜色也是没有彼岸的终点

莲花的灯开着，在黑夜的身体
不点燃，和淤泥里的石头有什么区别

我是来点灯的，我看到了这盏灯
黑夜中摸索着，先触到了灯的模型

我触摸到了玉，没点燃之前冰冷
我触摸到了油，和泪水一样透彻晶莹

我看一眼，我说一声，我呼吸一次
都是擦一下火柴，一盏灯就亮了

有一盏灯，像天上的月亮闪出光芒
一盏灯睁开眼睛，在浩瀚的大海照镜子

我是距离这盏灯最近的人，捧着
捧着一盏灯，如普罗米修斯捧着火炬

彼此照亮，一盏灯有着黎明的颜色
在找到这盏灯之前，我的心先被点燃

我的三位母亲

今生，我有三位母亲：
娘，妻子，女儿
分别是生我的人，爱我的人，养我的人
她们分别代表太阳，玫瑰，棉花

送我来，陪我走，将我带到远方

黑暗中的梦盛开了，阳光絮进生活的翅膀
看到过，享受过，也抛弃过
三个子宫，让我生过三回，死过三回

李　浩

李浩（1971—），当代诗人、小说家。生于河北海兴，现居石家庄。在当今文化语境下，诗人的生命之痛，萦绕着他的艺术良知，催发他的忧思。他步履艰难地穿过滚滚红尘，被琐屑的繁忙、劳神所羁绊。于是，他孤独地、小心翼翼地，捡拾自己身边的日常点滴、自然枝叶、此在状态、瞬间悸动，然后，借由哲理之光的穿透，来扶持即将跌落的灵魂。他的胸怀向世界敞开，世界却被压缩为“果壳”，他只能做“果壳里的国王”；他挚爱自己的小女儿，但这种爱却只能在很久以前的“童话”中上演；他冲击无数森严的“堡垒”，这使他成为斗士，但最终的胜负难料；甚或连季节的更替，也会被生活所拖累。他坐在窗前，举头仰望：“明月几时有，把酒问青天。”对月兴叹，并以跳荡的音符，在人间天上弹奏一支律吕纷繁的复调的“月光曲”……李浩是诗人，也是小说家。他的小说具有诗性，他的诗带有某种小说的艺术特征，其表现是“叙事策略”。他以平静的语气、连绵的词句、反讽和矛盾的修辞，讲述语言所昭告的生命的本真。他的诗，“沉在词语中间”，是生命的独语和存在的言说。诗人在《等待》：“我在等待中写一首有关等待的诗。”等待不是消极、退缩，而是孕育和蓄势，等待暗夜过后，迎向那艺术峰峦上的真正的精神日出！

倦怠之诗

倦怠像是，一条缓慢蠕动的虫子。它不具有骨骼，当然
它不具备。不只如此，它还在吞噬，从胃里分泌一种黏度很高的酸液
将宿主原有的骨骼融掉，就如同——这首倦怠的诗歌那样。

习惯于比喻，更多的是习惯于曲折，由 A 到 B
我把语词集中于左侧的桑，而目的却常常是，右侧的那株槐树
飘荡在空中的虫子垂着长长的丝。不，我的倦怠和它不同
它不是比喻，而是具体：我在倦怠的电脑前倦怠地凝视，一则荒谬的新闻，以及
并不由它引起……

如此多的时日。窗外明媚，北二环的上空有种多年罕见的蓝
喧嚣遥远，背后是《尤利西斯》《荣格文集》《奥义书》和《小逻辑》
二十四楼并不引发晕眩，我的书桌能接受这样的高度。
占用 CPU4% 的电脑运行良好，至少表面上如此，打开的空白文档并不闪烁
可我感觉自己正在干涸，身体里的某些仅存的水分
正被倦怠耗尽。它不是比喻，而是具体，我从未如此悲凉
仿佛悲凉也并无能够寻到的意义。

如此多的时日，如此多的、漫无希望的苦熬
我感觉自己已被抽空，先是看见，再是疼痛
然后是欲念和泪水，悲愤和良知，然后才是，然后才是……之前，我

愿意搬运

愿意积累一些沙子，愿意和时间对抗，愿意在幻觉的城堡里努力创造

即使它会空无，最终空无。

倦怠没能把我变成真正的哑巴，却让我开始

厌倦了表达。包括对自我的表达。它是一条没有骨骼的虫子，而我

似乎也是。它像这场突然暴发的瘟疫，有着如此强烈的传染性。它蔓延

直到淹没我的抵抗。以往，我会把它看作是周期性的低潮，

就像水流在暗夜涌向谷底。

然而这一次，倦怠饕餮，倦怠凶猛，这条虫子过于硕大——

它几乎吞下了全部，包括。

心脏里的不甘是间歇性的，我听见倦怠将它当成桑叶，沙沙沙沙地撕咬

看不到的暗处已尽是疤痕。

曹五木

曹五木（1972—），当代诗人。原名石广斌，生于河北文安，现居廊坊。1987 年开始写诗。当时，朦胧诗呈现消歇，新生代诗歌兴起。他最初的写作带有青葱稚嫩的模仿性质。写诗就像诗。写景，则写景；抒情，则抒情；记事，则记事。自由舒放，但也中规中矩。后来，他走南闯北，游历山川，做编辑，交诗友，把酒论诗。随着生命情态、生存境遇的变化与迁移，他的诗风也出现了重大转折，并在起伏波荡中，逐渐走向独立和成熟。他眼界开阔，思维敏捷，生性放达，在记写自然风物和日常生活场景中，融进了更多的智性和哲理思致。他写《燕山》：“站在垛口旁眺望，起伏的远山／铺展在我的胸间，越来越远，越来越空”“寂静淹没了我，蝉鸣聒噪／乌压压在山峦间弥漫开来”。外在的喧嚣，内在的沉静，形塑了燕山人格的伟岸。他写《海豚》：“凉丝丝的海豚是高纬度的信风／它蹦跳着掠过地平线//海豚凉丝丝的，像每一个你。”苍茫大地，海阔天空，海豚是自然万物的精灵。他写《仲夏夜》：“比睡眠更让人绝望的——／失眠：选择权的丧失”“比失眠更让人绝望的——／白日梦：尘世的真相”。“失眠”与“白日梦”相抗衡，“选择权的丧失”与“尘世的真相”同呼应，最终化为“雨水一来，你就会安静”的人生之境。他的诗的话语，大多为口语，然而，随意中奇绝，散漫中峭拔，在七转八弯中，皈依于主旨，浅近而沉实，犀利而柔软。这与他彪悍而谨慎的性格有关，有点儿像古代的辛弃疾：“倩何人唤取，红巾翠袖，揾英雄泪。”在他的豪迈狂放中，内心藏着一个小女人！

乌　鸦

君子群而不党
当它们在树荫下踱步，独自解决温饱
鼓噪声也显得孤单

那些黑就格外鲜艳。

名　言　录

我说中庸啊，我说颓唐，我其实什么都没说
言辞都在死去的人手中，一如殉葬品

青铜质地可以弹奏
麻布质地化为灰烬
我们能掌握的何其少啊
而盗墓贼何其多

达·芬奇说居室狭小思想集中
因此他选择棺木
将如此荒谬的三言两语留在人间

瓦　砾

一个人不能走太久，不能
太过傲慢，太不在乎，不然
哪一天你回头瞧瞧
身后多少事物已被你抛弃
有的散落，有的堆积
有的好似黄金
有的好似瓦砾

郭建江

郭建江（1972—），当代诗人。生于河北永清，现居霸州。十四岁开始写诗。曾主编民间诗集《午夜的蝴蝶》：“愿鲜花、雨丝和诗歌，永远绵长我们的青春。”后有多部诗集出版。他的诗，从青春期写作进到中年写作，节点是世纪之交。经济潮涌，网络弥漫，诗人置身于物化与精神的历史夹缝中。围困与自由，虚无与充实，孕育了时代性历史主题。面对这一主题，他以古代文化的源头活水浇灌现实的荒芜，以乡愁、亲情支撑心灵的独立，从自然万物中汲取生命的力量。诗人用诗的“画笔”，“画出愧疚、伤怀”和灵魂的“颜色”。在人生四季中，他《忠信春天》，催绽《夏花》，收获秋实，坚信“时间推开冷与暖两扇门／一些幸福的事情还会来”。诗人仰望天空渺渺，俯视大地沉沉，在天地与立中，形塑自己“骨中有玉”的伟岸人格。一个真正优秀的诗人，必然是一个孤独的人。孤独而自由，而存在，而内敛，而开放。他以哲学智慧与良知，把日常生活中那些反复雷同的烦琐，那些焦虑而零散的碎片，予以整合，重新审视、评判，发现其中蕴涵的爱与善、真与美，找到完整、本真、诚挚的生活，让光明熠闪于周围寂暗的空间，并把这一切付诸缤纷的意象和跳荡拼接的话语修辞，从而建构成为一种富有坚实质地和温度的精神生存方式。他的诗歌是生命“跌宕起伏”的精神履历。在这里，我们可以倾听一个年轻的胸怀弹拨出的传统与现代的咏唱，缠绵、幽曲、新异、深致地吟述了他对过往日子的关念与颖悟。这些诗，犹如喧闹的夜晚静泊于幽深蓝幕上的月亮，清辉漫洒，光影在地，从容、宁静、明澈、悠远，传递着一种柔曼而清刚的东方生命情调，一种深具美感的艺术风神！

我 爱 你

那颗痛苦的心
那枚掉在路边的月亮
一团柔软燃烧的光芒
世间跳动的黑
是一生中无法平息的怒火
我又如诵经一样虔诚地道白：
这一生，我只为你歌唱

我不再写长长的诗歌
电脑和写字台都将报废
在下一个星球没有到来之前
我只顾在嘴唇上拍打你的名字
我只顾在欢乐里放你于心

等没有我了
忧愁也就没了
这一生，和我们相遇的人如同脚印
难道，擦肩而过不是一种痛
等没有我了
就再也不可能有一双
适合你的旧鞋

我惊呆了

我看见人间飘满了雾霾
我就想把你带到天上去
天上的果子都熟了
在我们苛求的安静的蓝里
你，就是我的女儿

一只眼是太阳
另一只眼肯定是你
遇见，使忧伤了半生的心
如沐旷野，只有奔跑
才能缓冲它跳出来

庞永力

庞永力（1973—），当代诗人。河北肃宁人，现居廊坊。曾在廊坊师专作家班学习。他出生于农村，家庭虽为书香门第，但生活却很清苦。他心性高傲，从少年就养成了一种忧郁的气质。当他把这种心境交托给诗歌时，他的创作就必然涂抹上虽然明丽却也略显凄迷的色彩。他的诗中有三个核心意象：月、风、雪。故乡是“沉浸”在“月光”里的“小村庄”，那里有父母，月光下生长着玉米和麦子，还映着无名小河；在季候风中，春秋交替，风画出了他人生的时间旅程；“雪”属于冬，面对洁白的世界，他忘却了人间的物欲、污浊和纷扰，诗人的灵魂在簇簇雪花中受到了洗礼。三者共同构筑了诗人的艺术时空和话语世界。诗人在特定的文化历史语境下，探寻个体生命的价值和意义，从而抵达一种平缓而又嶙峋的精神硬度。生命进到中年，一切都呈现了另一番景象。他领“姥姥”去看海，他带“妈妈”去广场，然而，“前几天的黄昏”“我”“忽然就哼起一首儿时的民谣／小小的我在眼前浮现／在田间小路上奔跑跳跃／那时的灵魂完整崭新啊”。生命轮回，天人之道，总的艺术图谱是乡土的依恋。在城乡之间，他的话语方式往返冲折。其语感，如雪花，既飘飞又沉实；似月光，既清明又迷茫；而调性，像春风，统领着花朵的粉红和草儿的嫩绿，浩荡而来……这是庞永力诗的艺术风格。

雪　后

你若是那心高气盛的女子
就落到屋顶上去
落到那红瓦的尖屋顶上去

雪刚刚下过
是很少风尘的
只和阳光接触
人们只能远远地望着你

只和阳光接触
在它的照耀下享受累积起来的暖意
一点儿一点儿变软
就是化成红瓦上的一摊清水
也不流下来
与地面全无关系

毕竟
落在人们脚下的雪
很快就被踩成烂泥

村　　居

这个村子
一直以努力的奔跑
遮掩自己的骨质疏松
再苍老的日头
也那么白亮耀眼

大水坑瘦身了
打谷场不见了
不是街道变长了
是自己的腿软了

五十岁的人
想起三十年前的事情
七十岁的人
还有那么多孤独者
总要独自地睡　独自地老

辛泊平

辛泊平（1974—），当代诗人、诗评家。生于河北无极，现工作于秦皇岛。毕业于河北师范大学中文系，大学期间即开始发表作品。辛泊平的写作是复合式的，因为他不仅仅写诗，还写评论和随笔，甚至有一个时期还写了大量的小说和杂文。作为诗人，他的写作具有深沉的历史属性与哲学意味。他经常运用文学原型母题，使“古意”获得新生。人生如“逆水行舟”，“公无渡河”，渡河与度人轮回往复，这是千古不绝的哀婉的《箜篌引》。他面对历史的荒诞，也不得不面对当下对历史荒诞的重复。一粒“尘埃”，在天地之间浮游，如人的生命，在生死延续中，“白骨里长出花朵”，也有它存在的价值与尊严，于微尘见大千，亦能在瞬间获致永恒。他置身于当下文化历史语境下，写日常人生，上班教学生，返乡看望父母，过“菜市场”见人宰鸡，在街上遇人们吵架，回家看护孩子，都时时有人文情愫的介入和在场。他常常“午夜”失眠，陷入冥思苦索。他从未停歇过追寻生命的光泽和人性的温暖。他祈望人类的

“幸福”生活，或许“形式不止一种”，但“软弱属于肉体／意义属于骨头”。在灵肉通达中实现生命主体的耸立，这就是真正的幸福。他的书写有一种传统知识分子式的关怀与疼痛。他的写作始终保持着一种语言自觉与精神自觉，呈现出一种纯正的学养与灵魂操守。因此，他的诗的艺术风范是自由舒放，开合有致，文雅而大气，沉着而有锋棱！

尘　埃

一生太短，无法重新修订残缺的族谱
让古老的陶器涂上金属的光泽

踩着相同的落叶，回不到去年的秋天
回不到我出生的那个白露

纸上的轮回，一座宫殿拔地而起
另一座宫殿又被泥土掩埋

死亡完成大同，白骨里长出花朵
祭坛里生出人间烟火

在陌生的城市遇到锄禾的先人
一样的眉眼，一样的呼吸和体温

怅然也是千古，我原是尘埃中的一粒
落地，世界便完整如初

人 世 间

天色已晚，我依然在书页里徘徊
无用的功课
耗尽了我的青春
理想，上路的不安与渴望
还在继续，那些落满灰尘的往事
早已在纸上安家
我的父亲住了进去
我的母亲住了进去
书页翻动
我听见他们在泥土下的呼吸
轻微犹如一只蚂蚁
一枚落叶
纸上的轮回
我的亲人们将再次于人间落草
只是，我不知道
还能不能把彼此认出来
一生太短，词典太厚
我无法一一细数
每一个词语背后的
欢愉与悲戚

霍俊明

霍俊明（1975—），当代诗人、评论家。生于河北丰润，现居北京。主要从事20世纪新诗史学与新诗理论研究，著有《转世的桃花——陈超评传》等诗学专著十余部；同时他也是一位优秀的诗人，写出了大量诗作。在他的诗歌中，乡村记忆始终是一个明亮的胎记，是一种灵魂关照的开始：“我把刚刚从田野抓来的／蟋蟀蚂蚱油葫芦蜻蜓一个个扔在火堆里／饥饿的乡村在一瞬间成了天堂。”即使是在远方，他依然可以看到乡村的痕迹与最初的记忆，那里面有生存的困境，有父辈们泥土下的卑微与希望，所以，“再次打开书页，哦——／里面全是黑色的蜂箱”。他曾经在一场大雪中看到一只兔子，看到过“一只化身人形的兔”，因而感怀生命的前世与今生。他在日常生活或行旅中，发现“有些事物替我们说话”：“松针是另一种时间”，“白雪”是“白色的虚无”，清明时节，“墓碑又一次醒来／它们也将再一次死去”，言说着生者与死者的交接与延续。他也曾发现“闪着亮光的一切／也正在悄悄磨损”，世事沧桑，一切都在变，而“鱼鳞在身上的暗处发亮”，揭示了宇宙生命的奥秘。在诗人的笔下，始终都有一种对不可承受之重与不可承受之轻的生命之感与哲学之思。也正因如此，他的诗才兼有学人的节制与来自生活现场的疼痛，这些元素在一起发酵，让他的诗行既有可感可触的生存细节，又有超越尘世的灵魂高蹈。他的诗中总有一只“白鹭”的身影，在湖畔游弋，孤高而矜持，鸣叫一声，展翅向还乡河上空飞去。这正是诗人的人格形象和他的艺术境界！

燕山林场

当我从积重难返的中年抬起头来
燕山的天空，清脆泠泠的杯盘
空旷的林场，伐木后的大地
木屑纷纷……

那年冬天，我来到田野深处的树林
面对的是一个个巨大的树桩
和父亲坐在冷硬的地上
生锈的锯子在嘎吱声中发出少有的亮光

我想应该休息一会儿，坐在树桩的身边
而那年冬天，父亲
只是拍拍我的肩膀
那时，一场罕见的大雪正从天空斜落下来

对　岸

一个人从河的这岸
游到了河的另一岸

没有水流声，也没有

拍打水的声音
一切都悄无声息
回头看看对岸
仿佛刚刚离开了一个尘世
这里没有树木
没有石头
没有房屋
甚至风也没有
只有这条河岸

这一切都似乎是在梦里发生的
只是为了验证
一个不会游泳的人
也抵达了河的对岸

李洁夫

李洁夫（1975—），当代诗人。祖籍邯郸，现居石家庄。他的诗，随着时光的飘逝、岁月的流转，从青春激情浪漫的燃烧，到秋水的澄澈、沉静，时至今日，青春期写作被生命秋季写作取代，实现了华丽的艺术转身。这是一种独特的人生风景。诗人的生存处于收获与迟暮并在、迷茫向通达转化的状态，因此，对生存命运的洞察，更加透彻、了悟。这时节，一切都已“尘埃落定”，心淡如菊，沉潜内向，该“放下”的都放下了，“对这个世界的要求越来越少”，只想“收起心好好去爱一个人”。在日常生活中，安静回忆儿时村边的小河，想一想父母的养育之恩，时时珍爱生命，处处善待他人，力求留住美好。而且，人生一世，草木一秋。“我”和亲人、朋友们，都如那风中落叶，在旋转中，一片被另一片覆盖，最终归于泥土。这是一份人生难得的平淡与从容，平淡而纯真，从容而沉潜，其极致是生命本真的敞亮，即赤子之心的回归。这种写作，适应生命的澄澈，词语与心灵、词语与事物关系的考究更加贴切与准确。不论是能激活此在语境的日常口语，还是外柔内刚具有形象穿透力的现代书面语，都在生命的呼吸与脉动中，凸显着简洁、素朴、空灵、柔韧的特征，这就是洁夫诗歌的语言调性和艺术风格。

放　下

放下书本、青春
放下 1986 年，马儿踏过
渐行渐远的蹄音

放下荣辱、沮丧
放下肉身、紧攥的骨头

放下谷物、爱情
放下本该静躺着的路
放下河流、山岚
让水展开、伸直

放下诗歌、朋友
放下打开的白纸、白纸上的沉默
放下酒、电话线
让声音穿透雪花，邮差打开祝福

放下、放下
蝉放下秋风
岁月放下云朵
老人放下呼吸

生活啊

我总不能平静地
放下一切

尘埃落定

亲爱的你问我最近好吗
我说很好
你再问有什么改变吗
我说没有
你特别问了一句：电话也没变吧
是的。没变

看来我们都把自己连同过去
像影子一样撒进了生活
或者说
时光的阴霾里我们已看不到自己的影子

现在的一切都尘埃落定了

没有特殊情况
电话不会变
地址不会变
爱人不会变
甚至经年的坏脾气坏习惯
也不计划不打算再改变了

孟醒石

孟醒石（1977—），当代诗人、画家。河北无极人。大学毕业后，从事诗歌写作。他是一个外表沉静而内心灼热的诗人，他的诗，日常题材极为广博，驳杂而丰富。从个人的身体病痛到身外各种事物，从自己的饮食起居到他人的衣食住行，从昼夜晨昏到春秋轮替，从大地上的草木鱼虫到天空的日月星辰，从人间的炎凉冷暖到心灵的情仇爱恨……这种日常生活和个体经验是物质的、俗常的，点点滴滴，枝枝叶叶，多表现为身体事件，满足人生存的基本欲求，为诗歌提供了具象、此在、活力、真实。但把它们置放于大时代背景下，人之为人，就必须从原在状态中提取生活的精义，显示灵魂的纹理。因此，诗人的日常诗写，对生活予以整合与深潜，并以此实现精神对日常生活的穿越和超拔，犹如瞬间跃起的太阳，阳光照彻大地上一片雾茫茫的风景，而使之骤然打开和敞亮。诗人对日常生活既入乎其内，又超乎其外，在出入之间，获得“生气”和“高致”。他在经验与超验之间，往返冲荡，自由而又极有分寸。他的日常生活流中，时时处处有灵魂在场持守。他的观察，敏锐、精约；他的体验，真切、深彻。他的诗笔力遒劲，造塑准确，像他的画一样，色调沉实，线条明晰，虽有曼妙的洇染，但绝不故作玄虚，自欺欺人。他有一部诗集《无极》：无极有始，诗道葱茏！

充　　盈

雨后，走在上庄镇的夜色中
风吹过我，身体感受到
瓷器出土之前的沁凉

年少时，见到空空的梅瓶
总有一种往里面灌入烈酒的冲动
而今，见到空，就空着吧

时间已经不多了，可我还是愿意等
等梅花盛开，等大雪压下来
我们在雪中散步，不折一枝

两个相爱的人，两种空，碰到一起
都会全力避免对方破碎
等黄土压下来，灌入心腹中
我们毫不相干，又彼此充盈

藏　　锋

在喧嚣的三岔口，驻足
等车流通过。赫然发现，对面高楼的外墙

画着一幅长江水系图
精确到每一根毛细血管
走近了再看，原来是爬山虎的叶子落尽
只剩下虬曲蜿蜒的藤蔓
寂静的冬日，残荷干枯，茎秆挺立
莲蓬焦黑，倔强赛过八大山人
槐树驼背，站在风雪中
哮喘，剧烈咳嗽
震落几点败笔，洁癖不输倪瓒
榆木哪怕满身疙瘩
也紧抓着树根，在黑暗中撰写石头记
原来每一种生物，都有一支生花妙笔
在茂盛的季节，藏锋。繁花落尽
举世荒凉时，才显现出来
最令人羞愧的当是史笔，那是鸟儿
衔来干草、树枝、草根、羽毛
混合着唾液、鲜血、泥土
一笔一画
在树梢上，在危檐下，在悬崖边
筑的巢

莫日根

莫日根（1978—），当代诗人。原名刘涛，生于黑龙江木兰，达斡尔族人，现居廊坊。历史学研究生。他的诗歌创作历程，已超越青春期写作，但还未至中年，可以把它界定为“成长写作”，犹如春秋之间的夏，生命蓬勃、蒸腾，却也已近燥热后的雨霁晴空，有了几分凉意和心境澄明。当今时代，社会转型，历史激荡。一切都在变动，一切都在转折。价值多元，真假混杂，美丑并见，传统与现代交接，生存与死亡对撞，爱与恨、灵与肉无尽的离析与纠缠……诗人在这样的文化历史语境下，开始了他的生命之旅。他作为成长中的行走者和赶路人，探寻和求索自我的生存方式：在历史、山河中“寻找我自己”。诗人出生于少数民族地区，他从草原上走来，跨过高山大川、名胜史迹，踩着春秋轮替，穿越乡村城市。一路上，他读懂了“成吉思汗的悲伤”，见证了黄河的奔流不息。在人世间，遭遇各种繁杂的事态或异质现象，他辨识哪个是“真实的自我”，感悟和体验自身的优劣、长短，把“自我”融入世界万物，在它们纷纭的镜像中，实现自我，确证他生命存在的“章节”——“多少灿烂的存在，都是为了燃烧／多少双脚的活着，都是为了跋涉”。诗人以灵性的话语与修辞，记写他的人生与诗歌之路，高扬个体的价值与尊严，为我们演绎和留存了他生命的曲线和心灵的轨迹，也因此展现了他独特的诗意空间和个性化的艺术风致：线条简约、干脆，但不乏睿智、隽永；色彩明丽、天然，但也有几许妩媚和雅致。

在飞翔之前，我追问天空的高度

肉体的杂质　不是滚落而成
是不舍大地的牵绊
蛇行在虚暖的沟壑里

在飞翔之前，我追问天空的高度
那把大伞在抚摸后冰冷
它只与我的目光平行

我追问一只鹰的重量
追问诗歌和食物
是谁教它们分娩和消化

我追问我和世界之大
那轻似羽毛又狂放不羁的描写全都会脱落
世界就那么　只像佛尊一样呆望

大风之下

大风之下，我们都在清脆地拔节
像烈火总觉得燃烧不够
还要拉伸到极致

还要坚持　逆向而上

大风之下，行人还在行走
河流已改道，但生活的鱼要匍匐前行
对着叶脉，我有漫长的个人史：
已出生，还活着，正死亡

大风之下，一些人还没有认识
就开始模糊了
天空越来越狭小
那些变轻而升空的名字　熙熙攘攘

宁延达

宁延达（1979—），当代诗人。河北丰宁人，满族。河北大学毕业，1990 年开始发表诗作。他坚持日常经验写作。他居于城乡之交，既有城市日常，又有乡村日常，还有自然日常。然而，这些日常构成他诗意的多维多面的镜城，幻化和映照出千姿百态的镜像。诸如，《自言自语的人》从不说话；在历史的《路口》，“自行车”、“轿车”和“一群牛”挤在一起；《风在石头里低低地吹》，而“鱼在玻璃里轻轻地游”；作为《王者》，“一只火红的狐狸／傲视着寂寞的草原”；《出事儿了》，“一只蚂蚁掉进深井里”“一朵花被扑腾的麻雀撞碎衣衫”。这些人、事、景、物，都与他的个体生存相关涉，它们在他周遭旋舞、碰撞、亲近，他与它们照面、交流、对话。诗人在历史时空中，在人世虚无里，自由地游弋，独立地求索。他以本民族宗教神话和佛家缘起性空的教义相融会，用来澄明世事，廓清天宇，修为自我。诗人创作主体的转换，从一个“吹泡泡的男孩”成长为一位人生价值与尊严“炼金术”的打造者，但仍不失赤子之心。

他在镜城里自由出入。他的写作姿态和话语方式，自然、奇幻、隽雅，但在现实的“及物性”中，也不乏深沉与锐利，对于种种不良之事也能调侃、反讽。尤其是诗中的哲理，不是某种现成的“理念”的象征或隐喻的包装，而是细腻的默默的感悟，在一片迷幻的朦胧的氤氲中，闪烁光亮，醒人心智。读其诗，如品茗茶，如饮醇醪！

构思一个未来

他一直在冥想　以致无人知道他的存在
空自占有一个地方
虽然与人无害　终究不是空无
构思未来比过好当下更为重要
他为未来而活
某些人的当下成为他誓死抵抗的坐标

他曾经试图爱过　试图与痛苦融合
试图　走出自我　臣服于
滚滚人潮
他不相信自己需要靠吃诗度日
不相信需要一场骤风驱散阴霾
月亮便放牧众星
他散养孤独

死了还是活着都无足轻重
他需要构思一种活法
一种虚构的活法　一种黯淡的活法
一种发出一些微光　却不求被看见的活法

当我的文字被投进火焰

当我的文字被投进火焰
我实际上很心疼
所咒骂的一切终于无人知晓

借助祈祷
原谅着自己的耻辱
在心中　进行一场没有终点的审判

使我们小心翼翼的
是狂风还是
内心的怯懦

都不是
是其他人全都选择低头

郑茂明

郑茂明（1980—），当代诗人。生于山东陵城，现居唐山。2003 年开始写诗。他说："诗应见证我们的时代。"此种见证不一定都是宏大叙事，他往往把个人体验与社会脉息有机地融合起来。他出生于乡村，如今生活在工业城市，这种双重身份，使他在生存价值和意义的寻找中，表现出强烈的自我盘结和互否。他从"一只胃的诊断书"，饥饿，疼痛，饱胀，诊断出历史年代由穷变富的时代变迁。但物质的丰裕，也带来了精神委顿与自然异化。"爱情蛋糕"，没有了爱情。街灯亮了，月光远了。夜晚他听到"三种声音"：机器轰响，火车鸣笛，夜莺啼叫。这三种声音从深夜，也从历史的深处，"翻滚、涌动，反复袭来"。这使诗人陷入了静思：如何把城乡、人与自然协调起来，把传统和现代统一起来？他的日常观察，生活体验，乃至叩问、质疑，总是与自然、时间、存在产生一种时代的擦痕。他的写作姿态，是从日常生活深入进去又弹跳出来，以此表现人们的历史情绪和所处的时代精神。诗人致力于标举人性的光芒和灵魂的高度。这使他的诗歌境界光明多于暗影，而显得朗健、澄明，更带有一种现代性的色彩。

冬　　日

母亲的富有在于
老宅的屋顶还有炊烟
白发上浮出秋霜
听树上雀儿叫，撒一点儿粮食
桃树在梦中开出繁花
大地上再也不见饥饿的事物
母亲侧着身子，坐在窗边
安静，慈祥，像在等待一位信使
光填满她脸上的沟壑
带着冬日微微的暖意
那一刻，她什么也没说
正午的阳光斜过来
照出屋间飞舞的尘埃
永恒的灰烬在空气中浮荡
时而灰暗，时而闪亮

马

那是白的，近乎透明的马
隐身于水中、空气中，遥远的灌木丛
此刻它静止，没有边界

当我递过一把青草
它昂起头，明亮的眼睛
望向远方的草原
消失的事物，一闪而过

想起，我们的身体
还在流浪
想起消失的嘶鸣和雷声
内心依然空阔

如果轻抚它长长的鬃毛
想起一生中的好时光
我经年喂养的虚无
终于有了一匹马的雏形和气息

向　隅

向隅（1980—），当代诗人。原名卢吉增，生于河北文安，现居北京。2001年开始写诗。他早期的诗，也是放飞青春梦想，虽不无局促：“风折叠了湖面／云层折叠了天空／……蜿蜒流淌的小溪折叠了山谷／起伏的山脉折叠了远方”“我折叠了一只飞机／和一只纸船／……它们飞得越高或行得越远／我就越无限逐渐舒展开来”。后来，从轻浅走向深沉。他以乡土记忆来观照现代城市的日常生活，特别是农民工和底层人群。他是一个生活在城市里的农民的儿子。“麦子已熟，越来越像大地的颜色／置身其间，我只是更多的麦子。”“父亲和他的弟兄们”，总是“要让粮食尽快输送到城里”。乡村喂养着城市。在城里，一个挂着“店小利薄，概不赊欠”牌子的“小店”，“它的小，让我心慌”。“一场悄然而至的雨”，浇湿工地上一些人“暴露的肩膀”，他感同身受。他过着普通平凡的生活，却像哲人一样思考。他梦回“古代的源头”，“开天辟地，混沌初开”，一切都是“虔诚的真实”。他亲近自然，关爱花草，物我一体，澡雪精神。“煮粥做饭，不是人间烟火／是我们对老天献祭的仪式。”对于向隅的诗，从探索性上考察，诗人追求外部律动与心灵节奏在语言音律上的跳荡与和谐。诗人警惕写作惯性，坚持原创和创新，秉承人文主义审美立场，对现实生活进行解构与建构的双重价值言说。因而，话语呈现一种断续、弹跳、反接、互征的特质，这使得向隅的诗歌有一种难以形容的味道，产生了一种奇异的艺术魅力！

折　　叠

风折叠了湖面
云层折叠了天空
散布的马折叠了草原
蜿蜒流淌的小溪折叠了山谷
起伏的山脉折叠了远方

衣服折叠了情感
皱纹折叠了岁月
白天折叠了我

我折叠了一只飞机
和一只纸船
飞机承载着我的灵魂
纸船装载着我的骨头
它们飞得越高或行得越远
我就越无限逐渐舒展开来

那些花儿

大地的秘密，隔着鞋子接收不到
光脚的十八楼，有云飘过

楼下花儿把情报从根茎传到枝头，特意长出了嘴
距离太远、噪音太大，为什么张嘴不说话

庐山客太多，花期只有半月
露水无法疏浚出山的路

那些花儿奋力储存阳光和水分，这些爱与悲伤
把种子炼成丹药，做着另一手准备

天地精华埋入地下封存，等待着
这些善良的使者一直没有放弃

可惜，有些被蝼蛄发现并吞下
可惜，那些花儿即将被新建的停车场斩除

后　　记

我从事诗学研究和诗歌评论四十余年，除跟踪全国诗潮涌动之外，主要关注河北当代诗歌的发展与走势。对老中青诗人，多有接触，并几乎都为他们写过诗歌评论。进入新世纪以后，与大批更年轻的诗歌新人，在网络上，也有对话和信息往来。近来，读钟嵘的《诗品》，从汉末至梁代，他共品鉴了一百二十二位诗人，并在《总序》中谈了五言诗的历史演变和对诗的基本看法。受其启发，我也想试着品评一下河北当代诗歌和当代诗人。最初，并没有严格的规划，只是选一些重要的又比较熟悉的诗人来写。模式借鉴《诗品》，并有所增殖：简约生平、诗意内涵、艺术修辞、话语风格等，每人评点五百字左右。一路写来，越积越多，老中青和网络诗人大多入列，最终竟达一百余人，不分上、中、下三品，基本上分几个群落，每个群落按年龄排序。有些品评，事先已在网络上发表，现在归拢起来，编辑成书。书的体例为：诗人照片，诗作品评，附代表作一至五首。书稿由河北师范大学教授、博士生导师邢建昌先生作序，交由花山文艺出版社正式出版。

这本书对我来说，是对河北诗歌的挚爱和责任。如果对广大的诗作者还有一些参考与借鉴的意义，能助力于河北诗歌的发展，那是我的欣慰，但至少它还有一定的史料价值。在这里，我要感谢邢建昌先生独到、精辟的序言，感谢全省各位诗友大力而热情的支持，感谢成书过程中许振东、井秋峰、王之峰、郭友钊、王克金等人的友情帮助，还要感谢花山文艺出版社社长张采鑫、总编辑郝建国的成全，以及各位编辑、校对、设计人员的辛勤劳动；没有他们，此书不能完满面市。

河北历来是诗歌大省，在全国诗歌版图中也是一个极为重要的区域板块，在新时代建设现代文明的今天，祝愿燕赵之诗魂，风靡于河北大地……